「妳有沒有想吃什麼菜呢？」
阿爾蜜塔一邊撫平床單上的皺褶，一邊問道。
「嗯～從心情上來說，就是那個吧，娜芙德姊姊很擅長的那道菜。」
「……烤肉串？」
「對，就是那個！」
興高采烈的優蒂亞
一邊用力抖動襯衫一邊答道。
「那道菜……我沒有自信能夠重現耶，
那是只有娜芙德學姊才做得出的味道。」
「哦～那個呀～確實沒錯～」
優蒂亞稍微想了想。
「沒關係，這是兩碼子事！我想吃阿爾蜜塔口味的烤肉串！」
「感覺妮戈蘭姊姊會很高興……」
「不是啦，我的意思又不是要吃阿爾蜜塔。」
「我知道。」
U0025578

「晚安，Vincula。
你的使命就由我來繼承。」

阿爾蜜塔想了一下。
「好，我會挑戰看看，那妳要幫我喔。」
「嗯！」
雖然沒有辦法跟學姊們一樣。
但還是想盡全力追逐她們的背影。
阿爾蜜塔再次斂起嘴角，
從竹籃裡拉出下一條床單。

末日時在做什麼？能不能再見一面？

6

枯野 瑛
Akira Kareno

illustration ue

Kadokawa Fantastic Novels

末日時在做什麼？能不能再見一面？

contents

葛力克・葛雷克拉可

綠鬼族（Bogre）打撈者。
隸屬第二師團的三等機甲技官。

穆罕默達利・布隆頓

單眼鬼（Cyclops）。科里拿第爾契市綜合施療院的醫師兼研究員。負責調整夢見「徵兆」的黃金妖精。

納克斯・賽爾卓

鷹翼族（Falcon）。隸屬護翼軍第五師團。
費奧多爾之友。

灰岩皮（Limeskin）

爬蟲族（Reptrace）。護翼軍一等機甲武官。

歐黛・岡達卡／歐黛・傑斯曼

艾爾畢斯國出身的墮鬼族。費奧多爾的姊姊。

瑪格莉特・麥迪西斯／「斯帕達」

戴著奉謝祭面具遮住真面目的嬌小少女。
暱稱為瑪格。歐黛稱呼其為「莉妲」。

愛洛瓦・亞菲・穆爾斯姆奧雷亞（黃金蜜酒）

黃金妖精。約莫三十年前殞命的成體妖精兵。

納莎妮亞・維爾・帕捷姆

黃金妖精。約莫三十年前殞命的成體妖精兵。

史旺・坎德爾

大賢者（Thaumaturgist）。曾以咒蹟師身分
與星神戰鬥過的成員之一。

威廉・克梅修

曾以準勇者（Quasi brave）身分與星神戰鬥過的成員之一。
史旺稱其為「黑瑪瑙劍鬼（Black Agate Swordmaster）」。

〈沉滯的第十一獸（Croyance）〉

〈十七獸〉。
遭受衝擊後會進行侵蝕的黑水晶。現在已覆蓋整座三十九號島，正要侵蝕三十八號島。

費奧多爾・傑斯曼

艾爾畢斯國出身的墮鬼族（Imp）。
護翼軍的前四等武官。喜歡甜甜圈。

緹亞忒・席巴・伊格納雷歐

黃金妖精。成體妖精兵（Leprechaun）。
隸屬護翼軍第五師團的上等相當兵。

菈琪旭・尼克思・瑟尼歐里斯

黃金妖精。成體妖精兵。從人格崩壞狀態奇蹟生還，與費奧多爾一同行動。

潘麗寶・諾可・卡黛娜

黃金妖精。成體妖精兵。
隸屬護翼軍第五師團的上等相當兵。

可蓉・琳・布爾加特里歐

黃金妖精。成體妖精兵。
隸屬護翼軍第五師團的上等相當兵。

娜芙德・卡羅・奧拉席翁

黃金妖精。成體妖精兵。
現為隸屬護翼軍第二師團的上等相當兵。

菈恩托露可・伊茲莉・希斯特里亞

黃金妖精。前妖精兵。
幾年前離開了妖精倉庫，然而……

艾瑟雅・麥傑・瓦爾卡里斯

黃金妖精。資深妖精兵。相當二等武官。

阿爾蜜塔

黃金妖精。尚未接受成體化調整處置。

優蒂亞

黃金妖精。尚未接受成體化調整處置。

莉艾兒

年幼的黃金妖精。住在妖精倉庫。

妮戈蘭・亞斯托德士

食人鬼（Troll）。奧爾蘭多貿易商會派來擔任六十八號島妖精倉庫的管理員。

characters

Do you have what THE END?
May I meet you once again

「沒能牽住的手」
-hearts to hearts-

在此談談一樁往事。

那是距今五百多年前，在那片大地的一隅所發生之事的紀錄。

†

最初提倡該消滅人類的，是守護星神（Visitors）的三地神之一的翠釘侯（Jade Nail）。

繼續放任人類不管，〈獸〉就會得到解放。關於這一點，三地神的預測是一致的。對於之後具體該如何展開行動，黑燭公（Ebon Candle）和紅湖伯（Camine Lake）各自提出了不同的方案，但最終大家得出共同的結論，就是翠釘侯的方案最為實際。

幾乎所有居住於這個世界的生物，本來就是重現其他世界「自然」的箱庭，也就是作為地神（Poteau）的創造物而存在於世上。在漫長的時間中，那些生物脫離地神的管理，以無限接近於真正自然的面貌運作。儘管如此，許多生物還是聽命於身為創造主的地神。翠釘侯率領那些生物，對人類發動了戰爭。

然而，人類的頑強性遠遠超出地神的預期。

在無法取得理想戰果的過程中，戰爭一再拖延。

眼見所剩不多的時間逐漸減少，然後輕易地消耗殆盡。

在帝國領土的遠郊，第一頭〈獸〉覺醒了。然後從那一刻起，宛如在湖面擴散的波紋一般，住在周圍的人接二連三地化身為〈獸〉。當時，雖然翠釘侯面前的都市離帝國有一段距離，但想來也剩不到幾天時間了。

在遙遠的都市進行攻防戰之際，翠釘侯得知了這件事。

『——眼下如今，末日已至。』

翠釘侯收回巨槍，發出猶如轟雷般的聲音，以人類的語言宣告：

『毀滅已然開始，將你們封印於死亡也不再有意義。想必你們很快就會兀自走上比死亡更可怕的末路。不過——』

他抬高音量。

『活在這片土地上的所有人類啊，請聽我一言。我已不再打算剝奪你們的性命，但也不想坐待一切終結。現在仍存活著的各位，能不能至少讓我親手拯救你們的靈魂呢？只要是這片土地上一定程度的人數，我便能夠用我的力量，將你們的存在形式轉化為鬼族(Ogre)。如此一來，你們便不會墮落為〈獸〉，可以在未來的日子繼續生活下去。』

那不是單純的空氣振動，而是意志本身變成一股壓力，在大地上迴響著。翠釘侯的聲音實實在在地傳進了這片土地上的每一個人耳中。

『我不會要你們立刻回答。但是，現在所剩的時間也不多了。我就等到黎明吧——在那之前，請你們選出要走的道路。』

然後，黎明到來。

站在翠釘侯面前的，只有一名拿劍的銀髮少女。

「大家都死了。」

少女以不帶感情的嗓音輕聲說道。

「聽完你的提議後，大家的意見便產生了分歧。有人贊成你的方法，有人打算徹底抗戰，有人想趁機逃到遠方，有人打算不管怎樣都要先把當今政權拉下臺；甚至還有人表示是不是付出賠償金就能獲得寬恕——明明從一開始就不是在說這種事。」

她用空洞的表情自嘲著。

「時間所剩無幾這一點很致命。所有人都被逼入了絕境，內心沒有接納他人意見的餘力。大家立刻開始互相廝殺，然後擴及他人，直到結束。最後倖存下來的，只有最強的我而已——」

翠釘侯靜靜地聽著她的獨白。

「即使殺盡所有人類也不再有意義。這是你說過的話吧？以神為對手而奮戰至此的我們，一夕之間便自相殘殺到全滅……簡直像是笑話一樣。」

語畢，少女舉起了赤灰色的聖劍。翠釘侯初次見到這把劍，直到昨晚之前，少女使用的並非此劍。

『妳我之間的爭鬥已無意義。』

『我是徹底抗戰派的。既然我成了最後一人，至少我要貫徹己意。不這麼做的話，其他人的死才真的會毫無意義。而且——』

啪嗤一聲，少女的肌膚綻開了一小塊。

可以窺見內側是漆黑的虛空。

『妳——』

「雖然我不清楚原理，但這就是你口中的『時間到了』的真面目吧？不管怎樣，我很快就不再是我了。既然如此，直到走上末路的那一刻，我都想做我自己。以守護人類的準勇者（Quasi Brave）之一——哈爾瓦・T・榮提斯的身分奮戰到底。」

『——嗯……』

翠釘侯微微抬起頭，仰望著天空。

既不悲嘆，也不垂憐。

『小小的人族勇者（Brave）啊，我便尊重妳的意志吧。』

交戰開始。

地神與人類。本來的話，這是實力差距大到難以正面交鋒的對戰組合。即使是身為人類戰力巔峰的準勇者，對上地神這樣的對手，也撐不過幾秒鐘。

然而，此時的翠釘侯在抵達這裡之前，經歷過與準勇者和冒險者——還有不屬於這兩者的咒蹟師（Thaumaturgist）——等人的交戰，早已滿身瘡痍。力量的差距大幅縮短，兩人之間一來一往相交錯起碼還稱得上是戰鬥。

赤灰色的大劍與翠灰色的巨槍數度擦撞。

每一次都產生等同風暴的巨大力量向周圍迸開。

如果是一般聖劍（Carillon），大概會在那樣的力量奔流中化為粉碎，但少女所揮動的那把劍相當強韌，連彎曲的跡象都沒有，就這樣承受住陣陣衝擊。

在戰鬥中，伴隨著「啪嗤啪嗤」這種像是把加熱過的皮革撕碎的聲響，少女的肌膚也接連地從內側綻開來。

她失去人形，樣貌逐漸淪落為漆黑的虛無本身，但依舊持續揮舞著劍。

「人類……每一個人……相較於你們，或許確實顯得既渺小又脆弱。」

少女的右眼化為閃耀著淡淡藍光的空洞，淚水從剩餘的左眼迸出，飛散開來。

她從似乎隨時都會消失的喉嚨深處，透過似乎隨時都會綻開的嘴唇，將情感化為吶喊，不斷迸發出來。

「但是，將力量合而為一的人類……將心靈合而為一的人類，是真的很強……強到理應不會輸給你們眾神……」

那個少女。

那個曾是少女的存在。

那個想作一名守護人類不受外敵侵害的勇者，如今僅剩自己的人類。

那個已經連人類都不是，正在轉化為〈獸〉的存在。

她的語氣並非憤怒、悲傷、焦躁或憎恨，只是以空虛的情感嘆道：

「儘管如此……為什麼我們……會如此支離破碎呢……」

而這便是最後了。

剩下還是人類的所有部分在同時間綻裂飛散，之後便餘下模仿人形的一團黑霧。那只是一頭物種不明的〈獸〉而已。

然後，這頭〈獸〉在從本質上發生變化的過程中，也沒有停下戰鬥的打算。它以作為人類時所不能相比的臂力與速度，既沒有技術，也毫無章法地揮舞著聖劍。而聖劍本身彷彿根本沒有發覺使用者的劇變一般，持續散發著幽暗的紅光。

『真了不起。』

地神用槍招架劍擊，自己也用槍施展刺擊。

並且低聲說出了讚賞的話語。

雙方正鬥到酣處，卻唐突地迎來了尾聲。

巨槍終於捉住了〈獸〉的身軀。

難以用簡單的「貫穿」二字來形容的暴虐規模，將構成〈獸〉身軀的黑霧狀物體刮得飄零四散。

幾乎就在同一時間，赤灰色的聖劍深深地劈進了地神的身體。話雖如此，那就像是槌子打中巨岩一樣。雖然在翠釘侯身體上留下了不淺的傷口，卻也就僅限於此。這一擊距離打倒還差得很遠，當然更別提奪走性命了。

失去主人的劍就這樣掉落，猶如墓碑般插在大地上。

地神察覺到一股不對勁，往下看自己的身體。他可以感受到有某種濃密的詛咒纏繞在剛才被劃出的傷口上。那恐怕是聖劍的固有異稟（Talent）——儘管以一把劍刻入的詛咒而言實在過於強力，但也沒有其他頭緒了。

他輕易地辨識出詛咒的構成。雖然很危險，不過並沒有迫切處理的需要——再加上憑他自身機能也無法處理，翠釘侯是如此判斷的。所謂的詛咒，亦即重新改寫世界的定義，是從黑燭公的機能衍生出的概念。最終的解咒相關事項還是交給他吧。在那之前，翠釘侯決定把這道傷口留在身上，以表自己對那位懷著崇高自尊的勇者所致上的敬意。

『確實了不起。』

最後，翠釘侯再次對已經不在的戰士留下這句話，接著便掉頭離去。

他開始思考接下來的事。

地神的計畫失敗了。名為人類的種族滅亡，從中獲得解放的〈獸〉占據了整片大地。

既然如此，就必須盡快回到星船，聯合所有地神一起思考今後的事。

雖然現在很接近最壞的情況，但還不是糟糕透頂的情況。只要這個世界的實質創造主——三尊地神還健在，不管是在何種形式之下，還是有辦法繼續守護著這個世界。他是如此認為的。

†

這個世界的原住民〈原始獸群〉在持續封印於人類這個物種體內的期間，受到人類宿命性地懷抱的衝動很大的影響。一般認為那些撲向死亡的衝動大致可分為十七種，因此解放出來的〈獸〉也可以依其特性分為十七種。

也許是這個緣故，在後世，無關是否實際觀測過〈十七獸〉的種類，都為它們賦予了名字。

剛才以黑霧姿態現身的〈獸〉，該賦予它的名字是〈織光的第十四獸（Vincula）〉。

而在人族（Emnetwiht）的古語中，「Vincula」的意思是「人與人的連結」。這是既美麗又強大的一種概念，甚至重要到人若是缺少了它，就不能再稱為人——也正因如此，這絕不可能是純粹的概念。

〈十七獸〉被賦予的名字並不是因為看穿其本質而取的。儘管如此，它們確實是作為這樣的存在而開始出現於世。

†

翠釘侯離開後，留下一片無人的大地。

以及昂立於大地上的一把聖劍。

理應失去主人的那把劍，隱約有類似黑霧的東西纏繞在劍柄上。

那團霧痛苦似的一度劇烈蠕動後——

彷彿溶解般被吸進劍身裡，消失無蹤。

「回首時曩昔已遠」
-age of scarlet scars-

1. 現代，費奧多爾與黑瑪瑙

「也就是說，你是〈十七獸〉之一……沒錯吧？」

問出這個問題後，那傢伙就「哈哈！」地笑了。

閃爍著詭譎金芒的眼睛，已經對這個問題給予比任何話語都更為明確的解答。

費奧多爾．傑斯曼也笑了。

「——這樣的話，我們重新打個商量吧，黑瑪瑙(Black Agate)。」

他確定自己中了大獎。

位於視線前方的，是民用自走車……還有映照在車窗玻璃上的黑髮無徵種。對方的臉上浮現著不懷好意的笑意，右眼則閃爍著怪異的金色光芒。

這傢伙是〈十七獸〉之一。

威脅著懸浮大陸群(Regulu Ere)的存在；將黃金妖精逼上戰場的元凶；萬物的破壞者；在這個世界所能想像到的一切事物中，是最不可理喻且強大的暴力之象徵。

費奧多爾認為這是最險惡的凶牌，也是最強大的一張底牌。

目前在科里拿第爾契市發生的一連串事件中，自己不是當中的主角。儘管他覺得自己算是滿接近核心的，但並不是親手製造出狀況的人——並沒有處於能夠直接觸及希冀之物的立場。為了處理這樣的狀況，他首先需要的就是任何人都無法忽視的力量，因此——

歡喜與緊張幾乎快令他的心臟裂開。

他拚命地壓抑住隨時都會顫抖起來的嗓音……

「能不能把你的力量借給我呢？我要讓懸浮大陸群墜落。」

費奧多爾說出這個提議——

『我才不要哩。』

——嗯？

對方立刻回答。但是，那樣的回答太超乎費奧多爾的預期，所以他過了好一會兒才理解過來。

「你剛才說什麼？」

『就是我不要啊。為什麼我非得做那種事不可？』

對方露出既挑釁又欠揍的表情。

「——喂～？」

接著，比鏡面還要靠近得多的位置，就在費奧多爾的眼前，有隻小小的手掌揮動著。

「你累了嗎？」

他轉頭一看，發現緹亞忒半睜著眼，眸中充滿了像是感到傻眼、憐憫還有難以接受的情緒，眨也不眨地盯著他瞧。

「你果然太勉強自己了啦。雖然我知道你會說現在不是做那種事的時候，不過一碼歸一碼，還是要稍微休息一下啊。」

不是這樣，他剛才並不是在跟因疲倦而產生的幻覺對話。儘管他腦中浮現出解釋的話語，但仔細一想，他這樣本來就很類似在跟因疲倦而產生的幻覺對話，也就是說，他找不到反駁的說詞。

「呃，不是妳想的那樣啦。」

「我明白，我全都明白，好嗎？」

緹亞忒溫柔地重複道。她絕對什麼都不明白。

我是誰?費奧多爾・傑斯曼如此思索。

†

他是隸屬護翼軍的四等武官。曾經嘗試造反,結果事跡敗露,變成遭到通緝的逃犯。

從社會大眾的角度來看,費奧多爾・傑斯曼不過就是這樣的人物罷了。單純只是一個企圖做壞事卻失敗的小人物。

不過,他本質上確實也不是什麼了不起的大人物。至少不是勇者或英雄那種傲視群倫的生物。

假設「正義打倒邪惡讓所有人得到幸福」是故事的王道,他絕對不是立於所謂「正義」的位置。他不會為了某個素未謀面的人或是該守護的規範及道理而赴往戰場。

儘管如此,他姑且還是有願望的。

他有目標,有想要獲得的東西。

雖然可能會被嘲笑，可能沒有人相信，但就算是他，也曾經期望著一個所有人都能獲得幸福的世界；他也曾經認真地思考過可以達到這個目的的方法。

就像是姊夫期望過的那樣，還有姊姊嘲弄過的那樣。有一段時期，他想過自己或許也能為了絢麗的世界做些什麼。

當然，他很明白。他沒辦法去珍惜某一個人，也沒辦法陪伴在其身邊，他沒有那樣的資格。因此，現在的費奧多爾不打算追求那種放縱的事。

過去的願望改變了形式，言詞也有所變化，唯獨心情繼承了下來。

現在的費奧多爾，只考慮著她們的事。

†

在鏡子那端。

『抱歉讓你出糗啦。』

萬物的敵人——〈獸〉咯咯笑著。

距離地表崩毀已過了五百多年，關於〈獸〉的相關資訊依舊匱乏，研究進度簡直慢得可怕。針對〈獸〉撰寫的論文本身倒是很多，但實質上來說幾乎都是創作故事，通篇充滿作者的想像。而那種〈獸〉現在卻說著大陸群公用語，還能表現出情感。換作是歷史學者，看到這幅情景大概會暈過去，但費奧多爾並不是學者。

「真的被你害慘了。」

費奧多爾用不滿的表情抱怨。

他暫時離開了昨晚之前所使用的藏身處，住進新找到的旅店。

原因在於，他不想再被姊姊掌握住自己的動向。儘管這樣不便和消失的菈琪旭及「斯帕達」取得聯絡，不過彼此之間本來就有必要隔開距離——正因為菈琪旭如此判斷，才會變成現在這樣。一時半刻聯絡不上應該不至於造成問題。雖然胸口深處會感到刺痛，但他現在全身上下無處不在發疼，所以可以不去在意。

緹亞忒應該已經在隔壁房間睡著了。晚上準時睡覺，早上準時起床，從不熬夜。大概是經過紀律格外嚴實的教育，身為黃金妖精（Leprechaun）的女孩子都很習慣這樣的生活模式。

「再說，為什麼你要拒絕啊？〈獸〉不就是要擊墜大陸群嗎？」

『暫時歇業中啊。』

這是怎樣？所謂的〈十七獸〉就是不講理的象徵，天災的極致，本能的根本處深植著死亡與破壞，照理說應該任何道理都講不通才對。雖然不知道出於什麼原由，但他根本沒聽過竟然有〈獸〉會主張自己的存在理由正「歇業中」。

……不對，仔細一想，他正在聽取〈獸〉的說法，這種狀況本身才是前所未聞的超乎常理吧。

「我說你啊，真的是〈獸〉嗎？」

『對啊，我是不折不扣的〈嘆月的最初之獸(Chantre)〉的亞種。不過，在各種因素交織之下，可能跟你想像的不太一樣就是了。』

黑髮青年看似沒勁地說道，但意外地直率。

「我還是第一次看到能夠溝通的〈獸〉。」

『哦，不對，你似乎有點誤會。』

對方搖了搖手指。

『原本的〈嘆月的最初之獸〉單純是由本能與衝動結合而成的。別說溝通了，根本連你們所說的自體自我都沒有。』

「啊？」

費奧多爾不禁露出「這傢伙在說什麼？」的表情。如果對方連意志和自我都沒有，那他現在究竟在跟什麼東西對話？

這並非謊言，也不是在開玩笑喔——那傢伙這麼說道。

『若論我本身，就是剛才所提到的那種東西，但在涵蓋我的情況下，還有個活了一遭人生的男人存在。當我被你的眼睛拉出來時，那傢伙的知識、經驗和人格之類的都跟著一起出來了。所以說呢，我在你眼中的樣貌以及你所聽到的話語，本就不是屬於〈獸〉的部分，全部都是借來的。』

他用拇指輕輕指了指自己的胸口。

「所以你才會不想破壞這個世界嗎？」

『不，這是兩碼子事。威廉那傢伙——我剛才提到的搭檔，或者該說是半身吧——說過，要找碴的話，也要先看清楚對手的臉，所以我只是想在逞凶之前，好好見證你們的生存之道。而且……』

他微微勾起嘴角。

『看樣子，就算我什麼都不做，你們之後也會自取滅亡吧？』

費奧多爾無言以對。

「也就是說……」費奧多爾忍著頭痛，努力擠出話語。「在我腦中的〈獸〉，暫時只是個來看熱鬧的，如同字面意義的頭痛根源？」

『哈哈，你真會形容耶。』

被笑了。

費奧多爾覺得不甘心，便也「哈哈哈」地笑了回去，但他內心根本笑不出來。現在這種情況本來就沒有餘裕和時間了，只要是能夠利用的東西，不管是什麼他都想拿來利用。

不曉得對方是否知道他的想法，只聽對方又道：

『啊——不過呢。』

青年的臉上依舊帶著一抹賊笑，並且稍微探出了身子。

『如果你願意講出真話，我還是可以考慮借給你力量的。』

「什麼？」

『你說要「讓懸浮大陸群墜落」沒錯吧？雖然不能說這句話徹頭徹尾就是個謊言，但也不是你的目的吧？其實你另有目標，而且即使威脅到懸浮大陸群也要實現。』

費奧多爾的身體震顫了一下。

正如對方所言。

費奧多爾至今講過好幾次要讓懸浮大陸群墜落，不過那當然是一種手段。他要利用這種規模的破壞來達成另一個目的。比如說，他之前對菈琪旭提過「為了改變住在天空的人們安於現狀的溫吞想法，而要削減懸浮島的數量」之類的，就是他的目的。

這個目的，在他謀反的事跡敗露，被護翼軍抓起來的那一夜就放棄了。

現在的費奧多爾懷著稍有不同的目的，並且打起這樣的旗幟。

「——我想要盡一切力量，改變這個把所有戰鬥都寄託於菈琪旭小姐她們，只憑弱者太弱小這種理由，就把痛苦硬是加諸在強者身上的世界——」

『不是吧。』

被否定了。

『與其說不是，應該說是跟真話有落差吧。雖然我不知道你本身有沒有自覺就是了。』

「我沒說錯，我確實是——」

『如果只有這樣，你就不可能利用那個叫佶格魯的豬人，將妖精的調整技術散布出去了。讓妖精作為兵器普及化，這跟你剛才所講的目的完全相反吧。』

「這是——」

他支吾起來。

這個幻覺混蛋竟然連這種事都一清二楚嗎？

「——這不過是為了讓他出救急金的權宜之計罷了。我跟他並不是相互信賴的夥伴，時候到了自然會捨棄掉。」

『又說謊啊。既然打從一開始就打算要捨棄，其他更周到的吸引手段要多少有多少。再說，你要做的是改變世界的長期計畫吧，怎麼可能會有不需要強力贊助者的時候？』

這是怎樣？

這頭〈獸〉想說什麼……不對，是他到底想揭穿什麼？

『你想守護那些小不點，唯獨不希望她們赴往戰場，不願她們被當作兵器來對待。是啊，確實每一個都是你的本意，起碼表面上是，然而——』

「你又知道什麼！」

不知不覺間——費奧多爾已經激動了起來。

他用連自己都嚇一跳的聲音大吼著。

「只懂破壞的〈獸〉，一個連自己的心都沒有的傢伙，又知道些什麼啊！」

『我當然什麼都不知道嘍。我所能做到的，也只有像個看熱鬧的民眾瞎推測罷了。所以才會像這樣跟你對答案啊。』

他的目的。

本來打著的名義是「大幅拔除懸浮島的數量，煽動所有生存者的警戒心」，而這只是在追隨姊夫所崇尚的理想。雖然他認為自己抱著必死的覺悟在實踐這件事，但其實沒有。失敗後被打入大牢的那一天，他意識到了這一點。

能做的事他都做了，毫不鬆懈地全力衝到最後，結果還是失敗了——對此，他的內心深處反而鬆了口氣。

這本來沒有什麼好哀嘆的。即使盡全力也沒成功的經驗，在今後的人生會是很強大的武器——像這種積極正面的解釋要多少有多少。如此轉念，就能將至今為止累積起來的一切都笑著放棄。當時的費奧多爾就是試圖這麼做的。換作是還沒遇到緹亞忒等人的費奧多爾，應該就再也找不到重新振作的理由了。

被帶離那個地方後——費奧多爾得出了兩個答案。

其一，是想要設法改變那些妖精的處境。他心中焦慮，覺得不能就這樣放著那些溫柔的少女不管。

至於另外一個答案。

——爸爸！

當時，在咬牙逃離藍髮幼孩莉艾兒的聲音之際，他得到了結論。

「既然你知道這麼多的話，應該已經很清楚答案了吧！」

他並沒有明確的自覺。因此，他接下來要說的這句話，當然是迄今為止從未說過的。

「我這個人就是沒用！」

這次終於吐露出來了。

「我沒辦法保護任何人，沒辦法珍惜任何人！什麼也改變不了！連一個約定都無法遵守！所以！」

『我來幫你。』

……咦？

「你剛才說什麼？」

『雖然內容我不喜歡，但看來你這次總算不是在說謊了。既然如此，畢竟我承諾過了，那就如你所願，按你說的將力量借給你——』

思緒與情感全都覆蓋在那隱約的笑意之下。他完全摸不透眼前男子的真正想法。

『——話雖如此，我可不是白白借給你力量喔。每借一次，你都要確實付出代價。我想想，第一次你會受到肉眼看不到的傷，下一次會失去身體的一部分，再下一次就是最後了，你會整個人消失不見。這樣如何啊？』

他認為這番話恐怕不是在威脅。

只要借用這傢伙的力量，真的會如他所說的賠上自己，但是——

「正合我意。這樣的話，我就盡情將你利用到底吧。」

他壓抑著激昂的情緒，以乾啞的嗓音如此回答。

無論對方開出怎樣的條件都無所謂。他會讓對方知道，向墮鬼族(Imp)提出約定這件事本身就是一個錯誤。

「具體來說，你能做到什麼？」

『哦，這個嘛，比如說，你看不順眼的東西都能如同字面意義地化為沙之類的。』

根據護翼軍的資料，所謂的〈最初之獸〉，光是在場就能將周圍環境變成一片灰色沙原。如果能按自己的意志來運用這種力量，將會是非常不得了的強大武器，不，應該是軍事力量才對。

『還有一瞬間驅動你的身體，重現古代人族的體術。』

古代人族的體術——這個他有印象。

之前拿劍跟緹亞忒交手時，費奧多爾的身體擅自行動過。那個時候的他，依循他本人都不懂的術理，重現了爐火純青的極致武術。如果說那是黑瑪瑙所為，很多事情就都說得通了。

「真是大放送啊。」

『沒什麼，不用在意，我也有自己的考量。所以說——』

不知為何，對方突然在這時候沉下嗓音。

『你可別壞得太快喔。』

「不——唔？」

不用你說我也知道——他原本想這麼回答，但說到一半就被一股劇烈的頭痛襲擊。

話語和思緒一起中斷。

自從菈琪旭離開他身邊後，慢性頭痛的問題幾乎是解決了。然而，精神混合所造成的自我崩壞危機當然仍未過去。他與寄生在腦中的〈獸〉對話，給身心帶來了超乎預期的負荷。

他用指尖按住滲出冷汗的太陽穴，然後垂下頭。

盡快結束這場談話吧。至於要怎麼運用剛才得到最多三次的機會，等換了一個能夠靜下心的地方再來思考。他如此決定後，再次抬起頭——

這一瞬間，他想起一件事。

「小不點……？」

沒錯。這頭〈獸〉的確是這麼稱呼菈琪旭她們的。

直到現在，他才感到有哪裡不太對勁。

說到底，那究竟代表什麼意思？費奧多爾想阻止的對象當然是妖精兵，但其中稱得上是「小不點」的，只有莉艾兒而已。另一個「小不點」已經不在了。而且正是因為費奧多爾未能阻止，才會導致她消失。

因此這裡所說的「小不點」，並不是從費奧多爾的視角來稱呼的。

既然如此，這裡所說的「小不點」應該就是黑瑪瑙的——在進入費奧多爾腦中之前，那傢伙自己的稱呼方式。

並且，他能想到一個會將她們稱為「小不點」的人物。

——用一句話來說明的話……大概就是寵愛孩子的父親吧。

他沒有跟對方直接見過面，只是有所耳聞而已。說起來，那個人五年前就死了，照理來說，他跟對方不可能有任何交集。

聽說那個人是無徵種，而且跟費奧多爾差沒幾歲。到這裡為止的特徵都跟眼前這位的樣貌相符。沒記錯的話，名字是威廉．克梅修二等咒器技官。剛才〈獸〉用來稱呼半身的名字，也確實是威廉沒錯。

——他真的是用真心真意在愛我們。

——那個人比真正的爸爸更像個爸爸。

「欸，換一下話題吧。」

費奧多爾將手邊的椅子拉過來，抱著椅背坐下，直直地凝視著鏡中的眼眸。

「告訴我更多關於你那個『搭檔』的事吧。」

2. 約三十年前，某個靈魂的回憶

黑暗之中，一名少女茫然佇立著。

少女並不是在思考這裡是何處。這裡哪裡也不是，只有破碎的心靈碎片散落各處，是沒有輪廓的空洞。直截了當地說，她當這裡是在夢境裡。

少女也不是在思考自己為何會在這裡。每個人都是從自己的內心誕生，透過自己的心靈來連接世界，然後在自己的心中消逝。既然如此，就沒有懷疑的餘地。

少女唯一在思索的是，自己究竟是誰。

恐怕誰也不是吧。她在空虛的意識下模糊地想著。

當然，一開始並不是這樣。在很久以前，她應該確實有屬於自己的身分，會思考，會期望，會嫉妒，會憎恨，以一個完整的身分存在於這個世上——她如此認為。但她畢竟處在迷失自己的情況中，自然沒什麼把握。

照理說，她是經過了心靈破碎、削減、耗損，才變成了現在這樣子。

環視自己的內心——雖然並不是指物理上有所動作，但以心情而言就是這種感覺——她就發現周圍有光芒在搖曳。

是了，這就是自己壞掉後產生的碎片(Fragment)吧。

察覺到這一點，她突然想到一件事。壞掉的東西無法復原。但是，只要把那些碎片拼湊起來，也許就能夠推測出原本的形狀了。自己究竟是什麼樣的存在，在思考著什麼，期望著什麼，嫉妒著什麼，憎恨著什麼，或許能因此掌握到提示也說不定。

反正她也沒有其他該做的事了。

於是，她便抱著輕鬆的心情，朝一個光點伸出手。指尖朝具有陶器般不可思議質感的那東西觸碰上去。

——給我讓開，納莎妮亞！

——妳應該也很清楚吧？真正該打倒的對象是誰！有資格生存的又是誰！

她聽到了某個人的吶喊。

或者說，是當時的記憶復甦了。

——那可不是我們能思考的事，愛洛瓦。

那是一段對話。

某人與某人之間的，椎心泣血般的心靈碰撞。

她產生了興趣。

想要回想起詳細的經過。

因此，少女將意識凝聚在光點之中。

†

那是妖精兵愛洛瓦・亞菲・穆爾斯姆奧雷亞（黃金蜜酒）的記憶。

是她在絕對算不上長的妖精兵人生中，奮力奔馳到最後一刻的臨終回憶。

†

起初，她聽說只是護衛任務而已。

由於需要緊急運送特殊的遺跡兵器（Dagr Weapon）而準備了高速攻擊艇，但遺跡兵器的存在是機密，沒辦法派出正規戰力，因此送來了兩隻跟遺跡兵器一樣屬於非正規戰力的妖精。

那就是愛洛瓦・亞菲・穆爾斯姆奧雷亞以及納莎妮亞・維爾・帕捷姆。

妖精士兵原本是為了守護懸浮大陸群不受〈獸〉侵襲而存在的生物。就算當時局勢混亂，將與〈獸〉無關的任務派給她們也實屬特例。雖然是特例——但愛洛瓦她們本身當然沒有拒絕的理由和權限。

「悠哉地跟過去就好了，不就跟放假差不多嗎？」

她覺得納莎妮亞這句話非常有道理。

妖精沒有自由。除了被派去與〈獸〉作戰以外，她們都必須跟名為倉庫的監獄綁在一起。然而，這個任務卻不用賭上性命去戰鬥，還可以見到外面的世界。換個方式來思考，這可是個難能可貴的機會。

於是，愛洛瓦再次佩服起納莎妮亞了。她明明應該跟愛洛瓦年齡相仿，但即使看著相同的情景，但在她眼裡卻彷彿是不同的景致。就連愛洛瓦眼中的小石子，她都能發現宛如寶石般的光輝。

旅行途中，她們接獲新的命令。

有四艘飛空艇往二十七號懸浮島的上空接近，她們要前往鎮壓。據說那些飛空艇偽裝成民間輸送艇，但內部其實是不折不扣的軍用艇，正在運送大量的危險殺戮兵器。

愛洛瓦覺得這件事聽上去有點怪，而且派她們去對付〈獸〉以外的對手也不太對勁。然而，妖精兵終究是兵器，沒有立場反抗正式下達的命令。如果上頭表示這是以最小限度的犧牲來防止發生更大的悲劇，那就更沒有反抗的道理了。

愛洛瓦和納莎妮亞聽從命令，遵照指示一起飛上天空，讓目標「軍用輸送艇」以及周圍的護衛艇的武裝失去作用。

緊接著，護翼軍的飛空艇開始砲擊。那些已經喪失抵抗能力的「軍用艇」噴發著劇烈的火焰，墜往下方的懸浮島。

這是怎麼一回事？納莎妮亞質問著軍方的二等武官。武官臉上不見一絲感情，答說戰爭需要經過一些麻煩的程序。納莎妮亞從這句話中察覺到了些什麼，她帶著悲痛的表情沉默了下來。

另一方面，愛洛瓦不僅無法理解這句話的意思，也沒有心力去動腦理解。她的視線沒辦法從噴出劇烈火焰的「軍用輸送艇」上移開。

在窗戶另一邊，她似乎看見了孩子恐懼的臉龐。

在火焰另一邊，她似乎聽見了許多人的尖叫聲。

她直到現在才終於明白，那並不是什麼軍用艇。

戰爭需要經過一些麻煩的程序。她也慢慢地理解了這句話的意思。身為整個懸浮大陸群守護者的護翼軍，理所當然地無法自行選擇敵人。若要對抗特定勢力，前提是該勢力要「威脅到整個懸浮大陸群」。必須在任何人眼中都是明確易懂的窮凶惡極的存在。

身為機密且非正規戰力的她們，為什麼會接到讓那些飛空艇失去抵抗力的命令呢？是的，答案只有一個。故事已經安排好了，她們被驅使去按照情節展開行動。

這裡並沒有護翼軍的飛空艇經過。

將那些民間艇擊墜的，是貴翼帝國凶殘的有翼士兵。

即使僅憑這件事還不足以作為開戰的導火線，但還是很正當的大義名分。

當然，事情不會這麼簡單就結束。既然引發如此大規模的事件，背後一定準備了更為複雜的設計，正如同「麻煩的程序」這句話。那些飛空艇或許真的藏有大量的殺戮兵器。在那場大火中消逝的群眾之中，或許有人的死亡是具有重大意義的。

護翼軍只是為了參戰這個目的，便構想出這樣一幅巨大的拼圖。而且就在剛才，她們把一小塊拼圖拼上去了。

在愛洛瓦的理解中，護翼軍非屬善類也非屬正義，是只為了「守護懸浮大陸群」而存在的機構。因此，就算表面上看起來是多麼殘酷無情的作為，都是在為大陸群的長遠存續作打算，連接著更多人的生命，關乎構築更長久的歷史。所以不能憑一時的衝動來判斷是非。這是為了投資遙遠的未來而必須做的犧牲——應該要這麼接受才對。

但她在理解之後，拒絕了。

什麼大陸群的未來，她才不管。

此時的愛洛瓦所想的只有兩件事。她們的刀刃本應是為了對付〈獸〉而存在，卻在剛才奉命揮向了自己的同胞。並且，恐怕在不遠的將來，她珍視的學妹——現在年紀尚幼的妖精，總有一天也會被拿來耗費在相同的事上。

她無法忍受。

因此——

「給我讓開，納莎妮亞！」

愛洛瓦舉著劍喊道。

「妳應該也很清楚吧！真正該打倒的對象是誰！有資格生存的又是誰？」

「那可不是我們能思考的事，愛洛瓦。」

納莎妮亞也舉著劍這麼回應。

「我懂妳的悲傷，也懂妳的悔恨，更懂妳沒辦法再奉陪下去的心情。但是，唯有我們不能說出那種話。」

納莎妮亞是很聰明的女孩子。所以她比愛洛瓦更早察覺到更多事而且領會。為大陸群的未來著想的重要性；讓這個世界保有妖精的容身之處的困難性，以及她們為此必須做的事。她對一切做出了判斷，並行動至今。

因此，納莎妮亞面對護翼軍下達的無情決斷，得出了跟愛洛瓦不同的結論。

為了妖精倉庫、妖精學妹和她們自己的未來，有些事情必須去做，於是她舉起了劍。

毫無疑問地，她們兩人都在為對方著想。

毫無疑問地，她們兩人都在為家人著想。

儘管如此，她們兩人的道路卻在此時出現了決定性的分歧。

「納莎妮亞！」

「愛洛瓦！」

她們兩人分別用夾帶怒氣的聲音，喊出了重要的友人之名。

對著想要相伴到最後一刻的重要家人拔劍，然後——

揮劍。

一揮，再一揮，不斷揮劍。

愛洛瓦的腦袋因憤怒而一片空白。

這股怒火是衝著誰的？貴翼帝國嗎？護翼軍嗎？世界嗎？還是自己呢？連這種理所當然的前提都開始消失了。

淚水從眼角溢出，往後飛散。這是為誰而流的眼淚？學妹嗎？兵戎相見的對手嗎？還是自己呢？連這種事都想不起來了。

不可思議的緋紅色若隱若現地掠過視野一角。

她沒辦法認出那是自己的髮色，甚至也沒有察覺到由於魔力催發過度，她的心靈已經開始崩毀了。

彷彿永恆，又似一瞬間的，劍刃交戰時間。

妖精兵納莎妮亞・維爾・帕捷姆非常強。愛洛瓦身為她的戰友，又是獨一無二的摯友，非常清楚這一點。

並不是體格、戰鬥技術、魔力或遺跡兵器的規格這些問題——如果單純比較這些，愛洛瓦更居上風——不知該如何形容，納莎妮亞無論做什麼事都相當「巧妙」。雖然不具備令人驚豔的展現成果的能力（至少沒有發揮出來），但相對的，她能夠以最低限度（或者根本不到）的勞力，來取得位於及格邊緣的成果。打井水時，分晚餐配菜時，進行嚴苛無比的訓練時，她都會用平淡的態度將一切做好。

這種默默地做好所有事的才智，理所當然地很不起眼，不會留下紀錄，也不會受到讚賞。所以注意到納莎妮亞有多厲害的，只有一直待在她身邊的愛洛瓦・亞菲・穆爾斯姆奧雷亞一人。

因此，唯有愛洛瓦打從一開始就明白一件事。如果——因為某種如同惡夢般的命運的捉弄——有一天她們兩人要刀劍相向的話，她應該是贏不了的。

——啊，果然沒錯。

咚的一聲，響起在劍刃交戰的戰場上顯得格外突兀的碰撞聲。

她有種身體突然變得輕盈的錯覺。

從腋下到肩膀上有脫落的喪失感。

接著一股灼熱般的劇痛席捲而來。

（被砍斷了！）、（哪裡？）、（為什麼？）

慢了一拍後，她才理解過來。她剛才確實成功閃掉帕捷姆揮下來的劍身，肌膚有感受到遺跡兵器這種特大質量揮空的感覺。然後，就在她趁隙嘗試反擊的瞬間，帕捷姆劃出宛如箭頭般的銳角軌道，朝她的意識死角襲擊過來。

（難道說，）、（這是……）

那並不是憑蠻力改變劍的軌道這麼單純而已。剛才納莎妮亞催發強大的魔力，直接改寫了慣性的方向。

理論和原理本身大概和生出幻翼在空中飛翔相同。然而，所需要的高超技術是不能相比的。一覽所有的現役妖精兵，感覺有辦法使用這種靈巧（並且是出於個人愛好）的技術的，也只有納莎妮亞一人而已。應該說，其他人連學習這種技術的想法都未曾有過。

揮劍沿著不可能的軌道襲擊過來，真要說的話，這只是一種極為高難度且華麗無比的假動作。在對上她們原本的敵人〈第六獸〉(Timere)時根本派不上用場。因此——

（這是為了在任何時候與任何對手交戰都能活下來，而創造出來的技巧——）

納莎妮亞恐怕已經想到自己可能會跟〈獸〉以外的對象舉劍相向。她應該是希望哪一天真落到那樣的局面，自己也能夠為了守護家人而戰。為此，她暗中辛勤苦練，完成了專門對付人的隱藏招數。

（……還真像這個人(納莎妮亞)的作風。）

經過剛才那一擊後，愛洛瓦的大劍——遺跡兵器穆爾斯姆奧雷亞脫離愛洛瓦的**身體**，深深地插在背後的大地上。

愛洛瓦跪了下來。

她動作緩慢地用左手確認自己的右臂。儘管指尖幾乎沒有感覺了，但她還是清楚地明白，肩膀一帶向下延伸的部位整個不見了。

「這一戰——是我贏了。」

在昏暗模糊的視野一端，狼狽不堪的納莎妮亞如此宣布。

納莎妮亞同樣滿目瘡痍。

她呼吸急促，冷汗流個不停，嘴角溢出血泡。受到魔力侵蝕的手腳筋腱萎縮了起來，身體微微地抽搐著。斷掉的骨頭應該也刺進肺部了。她的眼睛和頭髮染上如燃火般鮮豔的紅色，證明她持續催發出強度超越極限的魔力。

就算如此，納莎妮亞依舊用自己的腳站立著。

她站著，低頭看向倒在地上的愛洛瓦。

「沒錯，是我輸了。」

愛洛瓦嚥下卡在喉嚨的血塊，用沙啞的聲音這麼答道。

遺跡兵器穆爾斯姆奧雷亞能夠賦予使用者擬似且有限的不死能力。即使骨頭斷裂，皮開肉綻，在執劍迎戰的這段時間內，都能夠無視損傷，盡情廝殺。行動起來就像是骨頭根本沒斷裂，身上的肉也沒有撕裂，彷彿毫髮無傷地繼續戰鬥。然後，在放開劍的那一瞬間，之前暫時延緩的傷口與痛楚都會回歸到身上。

她動不了，也站不起來。

已經無法再戰了。

「殺了我吧，納莎妮亞。」

「……我不要。」

一股焦躁在愛洛瓦心中油然而生。

這丫頭事到如今還在說什麼話啊？——她這麼想著。

彼此已經決裂了。她抱著置對方於死地的決心揮動遺跡兵器好幾次。納莎妮亞應該也一樣。放棄比任何事物都還要重要的東西，做好親手殺死對方的覺悟，絕不可能回頭了。明明是這樣才對。

「事到如今妳在說什麼啊？妳和我已經分道揚鑣了不是嗎？」

說出這句話後，愛洛瓦便想起一個問題——為什麼她們要戰鬥呢？照理說要有個非常重要的理由，應該是在爭奪某個不能退讓的東西。但是除了刨刮內心的那股焦躁感以外，她什麼都想不起來了。

是因為流太多血了，導致無法好好思考——她如此解釋。

「哪有什麼分道揚鑣，妖精要走的道路，打從開始就只有一條而已。我們一直都是一起的。」

焦躁昇為憤怒。

納莎妮亞是很聰明的女孩子。由於聰明的緣故，她沒辦法接受愚蠢的結論。當遇到必須阻止內心才能前進時，身體便會先停下來。愛洛瓦知道她有這樣的弱點。

但是，即使如此，都到了現在這個時候——在彼此的覺悟與信念相互碰撞後，竟然還說出那種軟弱的話。對於豁出一切奮戰，然後現在被打倒在地的敗者而言，這不就是一種侮辱嗎？

「納莎……妮亞！」

憤怒將心靈染成一片赤紅。

愛洛瓦覺得必須再一次抱著絕對要殺死她的決心砍下一劍不可。

畢竟，她已經沒辦法再跟這個人並肩走下去了。也沒辦法走在前頭，牽著她一起邁步而行。

既然如此，自己至少在最後一定要從背後推納莎妮亞一把。為了讓納莎妮亞能夠毫無留戀地向前走，她得在這裡消逝才行。

即使作為殺害同胞的兵器也要守護「妖精」的未來，這是納莎妮亞的決定。那麼，她至少要乾淨俐落地殺掉一個被憎恨與殺意沖昏頭的造反者，否則今後只會徒增痛苦罷了。

因此——

她必須要在這裡被納莎妮亞殺掉。

「納莎妮亞——！」

她帶著最大限度的殺意，從快要撕裂的喉嚨喊出對方的名字。

但她的身體動不了。現在這種狀況，並不是靠氣勢或毅力就有辦法做的。

在因憤慨而激昂起來的腦中冒出了一個選項。妖精的存在無限接近於死者魂魄，如果主動無限朝死亡接近，魔力(Venenum)就會無限制地提高——據說在護翼軍的官方文件中，是以「妖精鄉之門」這種比較文藝的說法來記載的，就是抑制不住的失控暴衝。

只要成功開門，便會產生足以殺掉納莎妮亞的力量。所以想當然的，在實際開門之前，納莎妮亞這次就真的會把她給殺死了。

納莎妮亞大概是察覺到愛洛瓦的想法，只見她抬起原本無力地垂著的臉龐，臉上浮現交雜著驚愕與恐懼的表情。

「住手，愛洛——」

納莎妮亞用幾近悲鳴的聲音，正要喊出她的名字——

她的身體大幅地顫抖了一下。

愛洛瓦等著下文。

納莎妮亞什麼也沒說，就這樣帶著像是感到震驚，又像是感到茫然的不明表情，往下看著自己的胸口。愛洛瓦隨著她的視線一起朝同樣的地方看過去，只見那裡慢慢綻出一朵殷紅的血花。

「——啊……」

納莎妮亞膝蓋一彎，當場虛脫倒地。

愛洛瓦看到她背後有個渾身是血的軍裝男子——負責監視納莎妮亞等人的護翼軍二等武官，正舉著大型的火藥槍。

「什——」

一團混亂。她連詢問這是怎麼一回事的聲音都發不出來。就在這時候，武官不疾不徐地為火藥槍填裝子彈，槍口這次對準了愛洛瓦。

——我也會被射殺。

腦海浮現出對未來的簡單猜測，然後各種思緒迸發了出來。

總共有五艘正噴出烈火的飛空艇墜落在這裡，其中一艘是她們搭乘的護翼軍攻擊艇。

愛洛瓦在怒火驅使下，將那艘攻擊艇砍落了。她原以為這個武官在當時應該也沒能活命，但看來是頑強地倖存了下來。因此，她會被射殺也是理所當然的事。

但是，為什麼一定要先射殺納莎妮亞呢？納莎妮亞在這種情況下，依然不打算放棄當護翼軍的兵器，還為了阻止造反的她而賭命應戰。儘管如此，為什麼……

武官面無表情，讀不出任何情緒。

他的嘴唇微微一動，無聲地道出一句：「對不起。」

她將破碎後快要喪失的記憶拼湊起來，掌握住情況。

被混亂排除掉的怒火重新燃燒起來。

那句道歉，表示他對身為危險反叛者的愛洛瓦懷著某種歉疚之情。然後，將納莎妮亞被射殺的這個事實連起來看的話，結論只有一個。

軍方從一開始就有此打算。

護翼軍的那艘攻擊艇以及裝載於其中的機密兵器妖精兵，甚至連這名武官恐怕也包含在內，都要在這個地方上演的「悲劇」中燒成灰燼。到這裡為止的一切事情都在他們準備好的劇本裡面。

也就是說，她與納莎妮亞的戰鬥是毫無意義的。共同為妖精的未來著想，揮淚斬斷情誼，與獨一無二的摯友劍刃相向。這樣的覺悟與慟哭全都沒有價值。

無論誰贏誰輸，不對，說到底根本就不需要進行這場戰鬥，結果從一開始就已經註定好了——

火焰熊熊燃燒，狂風呼嘯而過，彷彿抓住這兩者的間隙一般，這次確實響起了槍聲。

如同灼燒的衝擊從下方頂上來。

愛洛瓦的肩頭綻出了一大朵血花。

「嗚……」

武官顫抖著手，為單發式火藥槍填裝下一顆子彈。

下次聽到槍聲時，自己就要死了。愛洛瓦領悟到這一點。

自己這條命原本應該要為了納莎妮亞所期望的未來而犧牲，卻被拉進護翼軍的劇本中，再過沒幾秒就要消逝了。

（開什麼……玩笑……）

她咬緊牙關。

懸浮大陸群的未來？那種東西才不甘她的事。帝國什麼的都無所謂，隨便他們愛怎麼鬧就怎麼鬧。〈獸〉也一樣，儘管一頭接一頭地迎進來。如果說世界會因此就毀滅，反正本來就撐不久了，快點消失得一乾二淨吧。

然而，她們呢？她們的願望呢？

就活該為了這種無關緊要的事物而備受踐踏嗎？

（開什麼……玩笑……）

她無法認同。

雖然無法認同，但她也做不了什麼。

（這種事……像這種事……）

這個世界沒有對弱者友善到光靠意念的強度就能引發奇蹟。她一根手指都動不了，連沙啞的聲音都發不出來。如今在這裡的愛洛瓦·亞菲·穆爾斯姆奧雷亞非常無能為力——

——她隱約聽到奇妙的聲響。

（……咦？）

叮鈴鈴鈴。

是類似風吹動枝葉的聲響，但聽起來質地硬得多。硬要比喻，大概就像是把好幾萬顆小鈴鐺捆成一束的大合奏。翻騰、騷動，表現出其中的某種情感……不對，是在形成情感前的微弱情緒。

（『不要絕望』……？）

對於那種難以捉摸的情緒，愛洛瓦是如此解釋並接收的。

她想辦法轉動震顫的眼睛，看向感覺傳出聲響的方位。只見火焰劇烈地噴發，她剛才擊墜的飛空艇——護翼軍的攻擊艇正在燃燒。

照理來說，那裡不會有任何生者。要說有什麼東西的話，只有燒起來的貨櫃，以及可能是燒剩的內容物而已。

叮鈴鈴鈴。

聲響沒有停止。

（『不要獨自戰鬥』、『攜手』、『一起戰鬥吧』……？）

當然，她最先懷疑的，是自己可能因為傷勢和怒氣過重，導致耳朵終於壞掉了。但是，當她發現眼前的武官也正舉著火藥槍環視周遭後，就知道這應該不是那種只有她一人才聽得到的聲音。

（……『這裡有妳的同伴』、『被奪走重要之人的所有人』、『憎恨自身弱小的所有人』、『都是妳的同伴』……？）

愛洛瓦將銀色聲響訴說的每一句話，在心中化為話語接收下來。

「你到底……是誰……」

她抱著詢問的打算，用傳不到任何地方的細微嗓音呻吟道。

聲響翻騰起伏。

（……『■（我等）是同伴』、『與心懷怒火的所有人同在』、『與無法原諒自身弱小的人們同在』……）

她明明問的是來歷，對方的回答卻是抽象的散文體，第一人稱的部分相當模糊，換句話說，就是完全沒有講到重點。

（……『■（我等）是羈絆』、『他們是如此稱呼的』……）

「我收回前言，你的身分在這時候已經無所謂了。」

她傾盡渾身的力量動了動手指，握緊沾滿鮮血的拳頭。

「既然是同伴，那就幫我吧。我不能就這樣什麼都沒做就消失。」

一瞬間，聲響激昂起來。

叮鈴鈴鈴鈴鈴鈴鈴。

彷彿憤怒一般，又如喜悅一般，周圍充滿不明確的衝動漩渦。

「…………唔。」

聲響……不對，是借用聲響的異物鑽過名為耳朵的通道，進入愛洛瓦體內。那種不舒服的觸感讓愛洛瓦身體哆嗦了一下。

「呃……？」

接著，一股從胸口內側膨脹起來的不明情感讓她又打了一次哆嗦。

那股情感類似憤怒，類似信賴，類似憎恨，類似寂寥，類似希望，類似不安，類似思鄉，類似憧憬，類似焦躁，類似無可名狀的無形情感。

在一頭霧水的情況下，她被捲入來歷不明的無數情感漩渦中遭到翻弄。

情感這種東西本來就是透過共鳴(Sympathy)來傳播的。只要接觸懷有強烈怒火的人，內心自然而然也會湧上一股怒氣；同樣的情況在愛洛瓦的心中發生。

似是憤怒，似是信賴，似是憎恨，似是寂寥，似是希望，似是不安，似是思鄉，似是憧憬，似是焦躁，但又與以上皆不一致的情緒，將愛洛瓦包圍了起來。

「啊……啊……啊……」

安寧感逐漸盈滿內心。

這比任何事情都還要令人恐懼。

她已經不是一個人了。

這樣的想法令她恐懼不已。

這是……這種現象就表示……

「你……」

她微微轉動脖子，那艘攻擊艇再次映入眼簾。

在燒燬的貨櫃裡，有一把巨大的劍正散發著赤灰色的光芒。

據說那是特殊的遺跡兵器。雖然遺跡兵器本來就全都充滿了謎團，但那把劍在其中要屬格外奇怪的一把。其他劍交由黃金妖精來使用的話，好歹能夠催發力量，而這把劍則無論做什麼都不會產生像樣的反應。儘管是相當重要的一把劍，目前卻完全找不到使用方法，令人不知該怎麼處置。

沒記錯的話，其名為莫烏爾涅。

「這是怎麼一回事……？」

她在感覺隨時都要被吞噬的心中，勉強生出一個疑問。

遺跡兵器是很久以前滅亡的人族所打造出來的兵器，換句話說，就是戰鬥道具，而所謂的戰鬥道具都需要使用者。因此，她們黃金妖精才會令人厭惡地被迫模仿著人族。

但是，並沒有人握著莫烏爾涅的劍柄。

赤灰色的大劍只是泰然自若地獨自在火焰中散發光輝。

她正在和那把劍契合嗎？她心頭掠過這個疑問，並同時憑直覺得出兩個答案──這個預測是對的，但也是無法挽回的致命性錯誤。

「啊……」

她的心臟在搖動。

然後，她感覺到了。她的手現在並沒有接觸到莫烏爾涅，卻碰到了某種大得非同尋常的東西。

她的理性告訴她應該戒備，然而情感靜靜地激昂到不自然的地步。她已經不是一個人了。剛才她還感到恐懼的這個事實，現在不知為何令她歡愉不已。不用再害怕自身的無能為力，這一點讓她倍感安心。

現在的她，有龐大的心靈相伴。

因此，是的——**已經沒什麼好怕的**。

「你到底……是誰啊……？」

她又問了一次與之前同樣的問題。

聲響作出回應。

（……『■（我等）為羈絆（Vincula）』。）

叮鈴鈴鈴鈴……鈴……鈴鈴。

忽高忽低，忽強忽弱，在類似歡喜的波濤中，那個聲響如此回答。

對於相同的問題，回以相同的答案，然後再稍加補充道：

（『即是人類以〈織光的第十四獸〉來命名的〈獸〉……』）

少女從那團光芒中收回手指。

在那之後的記憶被破壞得比先前都還要嚴重，實在沒辦法讀取。雖然很好奇，但對於行不通的事也莫可奈何。

我是誰？少女再次思考著。

為了接近這個問題的答案，她決定去回想其他事。

不知是幸還是不幸，還有許多光芒碎片在她周圍搖曳。想了解自己的話，相關素材要多少有多少。

少女毫不猶豫地朝另一個光芒碎片伸出手。

她並未察覺，一股類似微微焦躁感的東西在內心萌芽……以及那樣的情緒尚留在自己體內這兩件事。

3. 約三十年前，前隨軍研究員穆罕默達利的回憶

「老實說，我當晚並沒有目擊到那麼多事。」

在關閉的研究室更深處，一扇暗門（大概是出於個人喜好）的另一邊。

穆罕默達利．布隆頓醫師開始說道：

「畢竟我那時只不過是一個隨軍研究員罷了。雖然因為任務而待在現場，但並沒有專業性技術的需求，頂多就是以職員身分在器材領取的文件上簽字而已。飛航工程師好像還說『應該派個子矮一點的人過來，派大塊頭來只會耗費更多飛空艇燃料而已』——」

聽到他的玩笑話，兩名聽眾的表情依然正經，沒有任何反應。

穆罕默達利有點難為情地咳了一聲後，繼續說：

「——聽說本來是以在附近進行的高機密作戰為開端。詳細情形我不清楚，就算之後想查閱，以我的權限也無法瀏覽那種等級的資料。所以我能夠說的，僅止於那天透過這隻獨眼直接看到的東西——」

†

那原本應該會是和平度過的一天。

當時對妖精施行的「調整」是非常簡單的作業，只要對長大後的個體定期投以強行抑制自然消滅的藥品即可。不過，妖精的相關情資全都是機密，而且藥品本身也都是一般列管的烈藥，只允許專業的隨軍醫師做這樣的處置。

那天，穆罕默達利之所以前往那座懸浮島，是為了調整那種藥品的訂購量，以及訂購新藥研究器材。參加氣氛多少有些嚴肅的會議，提交必要的資料，僅針對必要的部分進行說明。他聽到的工作內容只有這樣而已。

實際上，這份工作本身毫無波瀾地迅速結束了。在回程的飛空艇出發前，他必須在城裡等待，但這一帶城市的居民體型比較矮小，不適合單眼鬼（Cyclops）在外走動。無可奈何之下，他只好窩在外地客專用的旅館房間裡，呆呆地俯瞰城市的燈火。

晚霞迫近城市。

這座城市的貿易應該滿興盛的，形形色色的種族在路上行走，不過，大家的表情都很沉重。

「這氣氛真令人受不了啊。」

聽到同房的友人……朱鬼族軍人發的牢騷後，他點頭回應：「是啊。」

當時這座城市正處於戰爭時期。

懸浮大陸群並不豐饒。在面積和資源都有限的土地上，擠滿了過去在地表倖存下來的所有生命。既有之後繁榮起來的種族，也有再次滅絕的，甚至還有新的種族誕生。即使這裡像是變形的箱庭，但也確實是一個世界，依然存在著自然法則。

因此也會發生以都市為單位，以懸浮島為單位，以種族為單位的大規模戰爭。

「聽說格林姆捷爾和涅斯特海爾威的軍事同盟破局了，要是現在真的遭到進攻，那可就求助無門了。」

「……這樣啊。」

忐忑不安。原來籠罩著這座城市的氣氛源頭是這個啊。他咬牙說道。

護翼軍不能為懸浮島或都市的政治撐腰。就算這裡真變成了戰場，目前待在這裡的護翼軍也不能成為戰友，他們不被允許朝在這片天空孤立無援，不斷顫抖的人們伸出援手。

身為一個投身於醫道一隅的人員，沒辦法幫助在眼前受苦的人們，令他感到非常焦躁難耐。

遠方，在山峰稜線的另一端，他發現一道正在升騰的黑煙。是發生了山林大火之類的嗎？這加劇了他憂鬱的心情。

「好悶啊。」

「就是說啊。」

兩人的嘆息重疊。

「話說回來，你剛才在伴手禮店猶豫了很久耶，所以你買了什麼？」

一經詢問，穆罕默達利便看向床頭櫃上面，那裡有兩個包裝簡單的小盒子。

「當然是伴手禮啊，給愛洛瓦和納莎妮亞的，她們兩人下次的投藥不是下週嗎？」

「……我說你啊。」

友人的語氣像是在責備。穆罕默達利明白，愛洛瓦和納莎妮亞是黃金妖精，必須把黃金妖精當作用完就丟的炸彈才行。

雖然穆罕默達利明白，但他還是將那兩名妖精視為重要的朋友。她們身為連明天會如何都不知道的存在，而且自己也清楚了解這一點，卻依然能夠坦率地談論著未來，當時她們的眼神甚至令他肅然起敬。

「我……」

彷彿要打斷這句話一般。

巨大的金屬撞擊聲從窗戶竄進來。穆罕默達利嚇到從小椅子上滑落，他摸了摸撞到的屁股，說著「怎麼了？」並再次看向外頭。

他首先想到的是聯絡鐘。那是各地組織——主要是軍隊——所採用的通訊手段，當需要同時聯絡周遭所有士兵時，就會以特定的節奏來敲鐘。穆罕默達利也是護翼軍的相關人員，即使他並非連詳細的暗語都知道，也耳聞過有這樣的事。

鐘聲不斷響著，街上的人們開始慌張地奔跑起來。

他發現自己想錯了，這個鐘聲應該是城裡的政府機關敲響的，聯絡對象不是軍人，而是一般市民。既然如此，想必不會使用複雜的暗語。能夠透過鐘聲傳遞的訊息種類不多，最多兩三種就是極限了，至於現在這個響不停的鐘聲，恐怕是——

「打擾了！」

旅館的員工帶著答案一起衝了進來。

「這是強制避難警報的鐘聲，請立即遵照指示前往區域避難所！」

穆罕默達利與朱鬼族人互看一眼。

叮鈴。

好像聽到了聲響，是哪裡的鈴鐺在搖晃嗎？

太陽西沉。

遠方不斷傳來鐘聲。

集會堂內擠滿了種族各異的市民。

就環視一圈來看——儘管體格差距過大導致不太好計算——大概有三百人左右。發生異常事態的認知似乎已傳開來，每個人都看似不安地露出愁容。

據說市內安排了二十處以上相同的避難所。出現突發狀況之際，就會通知所有市民前往避難。

「是誰攻進來了？」

同僚表明護翼軍相關人員的身分後，向都市的士兵如此問道。

「——詳細情形不清楚，不過有中等規模以上的危險戰力侵入了市內幾個地點。東七區和北東二區交戰中，也有派自治軍前往南東九區和十一區。」

「是帝國嗎？」

對方回以沉默，臉上一副「以時間點而言，也沒其他可能了吧？」的表情。他大概是內心很肯定，但畢竟沒有經過證實，所以無法直接回答。

叮鈴。

「有我們幫得上忙的地方嗎？」穆罕默達利問道。「我們是醫生，雖然是護翼軍的相關人員，不過並不是士兵。如果只有醫療行為，讓我們幫忙也不會違反大陸群憲章。」

這話有一半是假的。護翼軍擁有的醫療技術當中亦包括對一般大眾保密的特殊技術。因此照理來說，隨軍研究員在外從事醫療行為需要經過許多麻煩的手續，一方面也是為了防止技術外洩。

——不知道能不能減減薪就算了……好像不太行啊。

穆罕默達利將內心的冷汗藏在笑容背後。

「真的嗎！太感謝了！」自治軍士兵表情綻放出光采。「聽說有好幾個市民突然昏倒了，恐怕是緊張與不安導致的，但保險起見——」

叮鈴。

鈴鐺般的聲響又拂過耳際。

「別靠過來！」

在人群一端，傳出足以驚動周遭所有人的大叫聲。

只見通往外頭的門附近，有一個看起來陷入混亂的貓徵族(Ailuranthropos)粗暴地揮動手臂，像要趕走周遭的人們。

「反……反正你們也會變成那樣的！像那個怪……怪物一樣！」

大事不妙了——穆罕默達利想著。

有許多種族的人都在這座都市生活。所謂的種族不同，就表示生態、飲食、生死觀和其他的一切都有所差異。因此，這裡的人們生活至今始終與鄰居保持良好距離，藉此減少摩擦。換句話說，如今在面臨同一威脅之下，讓眾多市民共處一室，是極為不安定且危險的狀況。

他們一大群人現在都踩在薄冰上面。

只要有一人陷入混亂，便有可能毀掉一切。

「誰都！不准！靠近我！我看到了，那些傢伙就在你們裡面——！」

安撫也好，壓制也罷，總之必須盡快讓這個男人安靜下來。也許是做出了與穆罕默達利相同的判斷，只見幾名穿著自治軍制服的士兵撥開人群，朝男人走過去。

叮鈴。

一名士兵的手碰到了男人的肩膀。

「你們這些傢伙……嗄……嗄啊……啊……」

——那一瞬間所發生的事，究竟有多少人能夠立即會意過來呢？

男人的肩膀從內側隆起，穿破襯衫，張開獠牙咬斷了士兵的手腕，頓時鮮血四濺。那名士兵「嗚啊」地發出呆傻的叫聲，縮回了手，然後看著自己幾乎不見一半的右手，露出呆愣的表情。

經過幾秒。

慘叫聲響起。

這股在集會堂中肆虐狂掃的混亂，與穆罕默達利所預想的有著本質上的不同。

穆罕默達利睜大眼睛，僵在原地。面對超乎尋常的事故，腦袋拒絕去理解現實。眼前這個男人直到剛才為止確實都還是貓徵族，但現在該怎麼定義才好？從肩膀生出的肉塊變成獠牙外露的獅頭；除此之外，還從側腹、胸口、膝蓋和後腦杓陸陸續續地突出肉塊，又各自仿照成其他生物的頭部。

到底是怎麼一回事？

其他方向傳來尖叫聲，穆罕默達利反射性地轉頭看過去，又一次地瞠目結舌。眼前再度上演惡夢般的景象。那是一個小孩，應該就十歲出頭而已。擁有豬的頭部的小孩身上，接二連三地突出其他生物的部位。

又傳來別人的慘叫聲，他看了過去，接著另一邊也傳出慘叫聲，他又回過頭去。惡夢增生，集會堂四處都有生命開始發生異變。肉體鼓脹，獠牙生出，充血的眼睛愈來愈多，然後開始攻擊周圍的人。

穆罕默達利混亂的腦海深處擅自思索了起來。一開始那男人所在的地方，是這個集會堂內由東區那一帶的避難者聚集的區域。從當事人的言行舉止來判斷，他很有可能目擊到剛才士兵談及的「中等規模以上的危險戰力」，而且也可以推測他接觸到了某種東西——那個東西搞不好就是造成現在穆罕默達利這隻獨眼所見光景的原因。

近在眼前，有個小女孩神智不清地抽搐著身體。她口中生出了一顆戴著金色鼻環的老翁頭，咿嘻嘻地發笑。

「發什麼呆啊，大塊頭！」

他的膝蓋被踢了一腳，這才回過神來。

「你會擋到市民撤離，快閃到角落去！」

事態不斷惡化。狀似怪物的暴徒、遭其襲擊受傷……不幸死亡的人、驚慌欲逃的人、被逃跑的人撞飛後遭狠狠踩過的人、似乎承受不住恐懼而昏倒的人、拿起火藥槍對準怪物的士兵，以及待在角落的自己。

慘叫聲喚起另一道慘叫聲，接著又一道慘叫聲疊加上去。所有聲音都被慘叫聲覆蓋消失，世界已經與無聲沒什麼不同，慘叫聲以外的任何聲音都傳不進耳裡。

叮鈴。

——鈴鐺般的聲響再次拂過意識的角落，然後消失。

行凶肆虐的肉塊……只能如此稱呼它們……本身並未具備多可怕的戰力。它們動作既不快，也不會聰明地與人周旋，受傷會流血，然後死亡。就只是一群凶暴的怪物罷了，持有火藥槍的士兵要殺它們並非難事。

不過，問題當然不在這裡。

現在暴動而遭到擊殺的人並不是什麼外敵。在幾天前，他們都還是親愛的街坊鄰居。這個事實重重地壓在所有人的心頭上。

集會堂被封鎖起來。雖然倖存下來的人——剩不到當初的一半——被引導至其他避難所，但跟隨的人連一半都不到。在無法判斷何時誰會**變成**那種異形的現下，大部分的人都對彼此投以猜疑的目光，消失在城市中。

「是聲音。」

穿著軍服的朱鬼族人呻吟似的說道。

他背靠著牆壁，面如槁灰。

「起初，我以為只是耳鳴而已。剛才那個最先變化的人不是說嗎？『那些傢伙就在你們裡面』。聽到這句話時，聲音突然變大了。還可以感受到類似『你也過來這邊』、『你也來變成同伴吧』的意思。」

他說著，捲起軍服的袖子。只見露在外頭的，是小鬼特有的纖瘦手臂，以及另一隻正要從上面長出來的毛茸茸粗手臂。

看著啞然失聲的穆罕默達利，朱鬼族人露出無力的笑容。

「我知道這番話簡直荒誕無稽，不僅不知道這種現象是出於什麼原理，連有沒有道理可循都不知道。不過，我想這可能是以『聲音』為媒介，擴大掌控範圍的某種東西。應該還有更細節的條件吧，啊，可惡，腦子已經無法運轉了……」

朱鬼族人的腹部膨脹了起來。

「穆罕默達利，你快去跟護翼軍會合，『桃玉的鉤爪（Rosy Claw）』一等武官目前人就在這座城市裡。如果是那個男人，一定能為你找到你該做的事。只不過我沒辦法幫你帶路了，抱歉，你一個人去吧……」

朱鬼族用自己的手與手指抽出火藥槍，裝填子彈。

然後將槍口對準自己的頭。

「……替我向你所重視的那些無徵種問聲好啊。」

槍聲響起。

穆罕默達利半茫然地目送友人死去。

出身長壽種族的人，不擅長在危機時刻做出瞬間的判斷……經常能聽到這樣的說法。由於一路走來的漫長人生經驗，再加上堅信自己今後也會長久地活下去，導致他們無法看出將人生凝縮於眼前一瞬的意義。因為感覺不到死亡如影隨形，所以沒辦法拚了命地豁出一切。其中的道理大概就是這樣。

那個說法確實無誤。穆罕默達利深切地感受到了這一點。

他不能隨心所欲地動腦。理應發揮長壽優勢灌輸了大量知識的這顆腦袋，在必須派上用場的此刻，卻遲遲起不到必要的作用。

彷彿穿梭於惡夢中一般，穆罕默達利奔跑著。

市內到處皆是一片混亂。巡迴馬車等交通工具當然不用說，連自治軍的車都借不到。

（不……這樣說不定是好事。）

敵人是透過聲音來擴大掌控範圍的。

對於友人的解釋，穆罕默達利進一步地加上自己的分析。那個避難所是在一開始的那個男人喊了「你們也會變成怪物」之後，異狀才擴散開來。也就是說，在經由聲音將「會變成怪物」這個消息帶進來後，現場被激起不安與恐懼的情緒，讓敵人的掌控範圍擴大。

如果這個看法沒錯，市民之間互相交換消息本身就是一項散播危險的行為。相反地，如果情況混亂到無法正常傳遞消息，就能將災害的擴大範圍壓抑到最低程度。

雖然可能只是自我安慰，但說不定能爭取到時間。

他抵達南一區的避難所。

映入眼簾的只有一片血海。然後，好幾十隻已經分辨不出原形的怪物，正在剁碎腳邊的屍體。

他強忍下從胃裡湧上來的東西，趁還沒被發現之前離開現場。

（畢竟這裡……距離一開始發生異狀的地點很近……）

叮鈴……叮鈴鈴。

像是要甩掉在耳邊響起的聲音，他拖著巨大笨重的身體奔跑，不斷地跑著。

他抵達南三區的避難所。

他抵達南七區的避難所。

他抵達南四區的避難所。

每個地方都是相同的情況，或者說，隨著時間經過，情況也持續在惡化。變化與殺戮不是只發生在避難所裡面而已，也延燒到整座城市的每一個角落。四處不停傳來慘叫聲，穆罕默達利摀住耳朵，一路狂奔。

單眼鬼相當強健，甚至一般火藥槍都無法造成任何擦傷，所以就算多少被那種怪物咬到幾下，也不至於受到致命傷。此外，利用單眼鬼的臂力盡全力揍下去的話，不管怎樣都能拉開一段距離。因此，在充滿死亡與絕望的這個世界中，穆罕默達利唯一不需要面對的就是對自身死亡的恐懼，雖然他絲毫不覺得這是值得高興的事。

穆罕默達利也曾試圖向遇到的人們伸出援手，但沒有用，每個人都疑神疑鬼的。只要他一接近，大部分的人都會尖叫著逃走，也有人揮著鐵管朝他攻擊過來，最後還有人當場變成怪物襲擊他。所以，穆罕默達利放棄找人同行了。

夜色漸深，穆罕默達利走在街上。

叮鈴鈴……叮鈴鈴鈴。

那些惱人的慘叫聲遠去，然後終於聽不到了。

——也許，如今只剩下自己一個人還活著了。

在寂靜中走著，連這種絕望的想法都冒了出來。

他抵達護翼軍的駐紮地。那是如實呈現出護翼軍在這座都市的立場的樸素……遠看起來只像是便宜公寓的建築物。

他踏進這個毫無人跡的地方。

如同他事先做好的心理準備，桃玉的鉤爪一等武官並不在這裡。不過另一方面，也有個完全不在他預料當中的人物在這裡。

「納莎妮亞？」

那是躺在簡陋長椅上的無徵種少女。

她身受重傷——不對，是被破壞得體無完膚。他看一眼就知道了。幾乎都是劍傷，但在胸口深深地刨出的傷口是火藥槍造成的。

「喲，我記得你是……呃，穆……醫生……真巧啊……」

還不是屍體。勉強還算不上。

在一息尚存都顯得很不可思議的狀態下，少女無所畏懼地笑了笑。

「太好了，這裡的傢伙好像都很忙……沒人肯好好聽我說話，全部都跑出去了……」

基本上，黃金妖精是要被關在倉庫裡的，只有戰鬥或是要定期投予調整藥劑時才會外出。現在明明不是兩種情況之一，為什麼這個女孩子會在這裡？還有，為什麼她會是瀕臨死亡的狀態？

「為……什麼？」

「發生了很多事……嗯，真的很多很多……」

她不住劇烈地咳嗽起來，從喉嚨深處湧出怎麼看都不尋常的大量鮮血。

「不行，妳一說話就會加重傷勢。」

「哈哈……醫生你啊，還是老樣子，很脫線呢……」

她又用力咳了一次。

「聽我說，那把劍會發出聲響……用聲響直接蠱惑我們的心靈……」

「妳在說什麼……」

納莎妮亞的眼睛毫無光采。

「那股力量俘虜了愛洛瓦……擄獲，然後讓愛洛瓦握住自己……」

她的聲音毫無力氣。

「愛洛瓦……那孩子也在這裡嗎？」

「我想，那應該是〈獸〉……至少，不是我們熟悉的〈第六獸〉……不曉得是幾號就是了……」

少女緩緩地撐起身子。

「所以，這一定是屬於**我們**的工作……」

「納莎妮亞，不行的，妳不能亂動。」

「哈哈……消耗品就該物盡其用到最後一刻，不然就太浪費了，醫生。」

納莎妮亞手上握著一把遺跡兵器，劍身呼應著她隱隱催發出的魔力，盈滿淡淡的光芒。

遺跡兵器帕捷姆。

「這傢伙也在催我差不多要行動了。」

根據人族留下的紀錄，這是終結悲傷戰役的和平之劍。換句話說，在情況面臨悲劇性的發展之前——在許多生命當場消逝之前，都不能發揮出真正的價值。

那把劍現在正一點一滴地增強力量。

納莎妮亞站了起來。這是利用帕捷姆的力量，強行操控本來動彈不得的身體。

「不行的……妳……」穆罕默達利雙手掩面。「……預計下週要投藥吧……所以，不能在這種地方走上……絕路……」

「哈哈！」納莎妮亞笑了。「這裡是即將終結的世界，而我是死路一條的妖精，還談什麼未來的事……」

「可以的，因為妳是……妳們都是能夠談論未來的孩子呀。」

「……只是對不配擁有的夢想產生了短暫的嚮往而已，畢竟是不諳世事的孩子啊。」

納莎妮亞透過窗戶仰望著天空。

看到她的模樣，穆罕默達利也跟著看向同一片天空。

只見一輪無限接近於正圓形的朱色月亮；以此為背景，有某個東西浮在上方。

那是拿著劍，展開超出自身身高好幾倍的巨大幻翼的——妖精剪影。

「那個……是……」

「那我走嘍，醫生。」

納莎妮亞在最後嘻嘻一笑，看起來毫無緊張感。

咚。

她展翅飛翔，僅留下一聲輕輕的足音。「別……」他連忙喊出的制止聲，還有伸出的手指，都已經觸及不到她的背影。

這原本應該會是和平度過的一天。

他預定下週要與重要的朋友見面。

還為了那一天而特地買了伴手禮。

催發的魔力強度和生命力相反。如果是無限瀕臨死亡的生命，就能催發出無止盡的龐大力量。在超越極限，完全放棄控制的情況下催發魔力的話，也能夠產生近乎無窮的鎮壓之力。

這是連沒辦法依循常理來打倒的〈獸〉都能殺死的力量。正因如此，黃金妖精才會被當作守護懸浮大陸群的戰力。

這個知識，當然存在於穆罕默達利的腦中。

他認為那是件悲傷的事；他覺得那是件令人心酸的事；然而卻也將其視為必要的，無可奈何的事，而避免深入思考。

「啊……啊……」

在天上。

愛洛瓦．亞菲．穆爾斯姆奧雷亞與納莎妮亞．維爾．帕捷姆，兩對幻翼接近，並相互擁抱似的交疊在一起。

在慢了一拍後——壓倒性的白芒湧現而出。

†

「——事情到這裡就說得差不多了。」

穆罕默達利緩緩地作總結。

「雖說是在天上，但畢竟是在市區開啟了妖精鄉之門。城市的一部分在那場爆炸中蒸發，餘波造成更大規模的建築物倒塌。不過，我想沒什麼人受害吧，因為在那個當下，已經沒幾個生還者了。順帶一提，我當時眼睛也中了招，短時間內幾乎什麼也看不見。」

說著，他用指尖彈了彈自己的單眼鏡。

「被莫烏爾涅操控的愛洛瓦消失了，全部的怪物都化為黑色灰燼消散。倖存下來的，包含我在內只有二十人左右。我們所有人在護翼軍的監管之下，受到約莫兩個月的監禁觀察，經判斷沒有變成怪物的徵兆後才獲釋。不過，還是有許多的附加條件，尤其是嚴令禁止洩漏這件事的相關內容。」

妮戈蘭小聲哭泣著。

葛力克面帶鬱色。

一時半刻間，沒有任何人說話。

「我說啊——」打破沉默的是葛力克。「——抱歉問一個破壞氣氛的問題，那把可能是〈獸〉的劍，為什麼還被保管在天上啊？」

「我當然反應過好幾次應該毀掉那把劍。」穆罕默達利微微點頭。「莫烏爾涅本身毫無疑問是一把遺跡兵器，而且還是極強的一把。但是，一方面也因為當時遺跡兵器的數量

不及現在齊全，所以沒有獲得同意。」

自然是有嚴加封印就是了。他聳了聳肩補充道。

「破壞也好，留下也罷，無論哪個方法都同樣存在著很高的風險，大概是這樣吧。不過，在聽過當事人的描述後，不管怎樣都覺得保留下來更加不妙……對此，妳怎麼看呢，專家？」

「咦，我……我嗎？」

突然被點名的妮戈蘭輕跳了一下。

「我又不是軍人，別說是專家了，我根本對這方面的事一竅不通呀。」

她不斷搖頭，甩掉臉上的淚水。

「可是，妳不是一直在管理遺跡兵器嗎？」

「我只是負責保管倉庫鑰匙的人而已啦！並不是我本身有使用過，或保養過那些──劍……」

她的聲音說到一半變小，然後消失。

「怎麼了？」

「──我想起來了，沒記錯的話，威廉曾經提過。他說不管什麼樣的聖劍，在沒有使用者的期間都不過是破銅爛鐵罷了，沒有一把例外。」

威廉．克梅修。

曾經在她身邊，現在已不復存在的真正專家。

「照你剛才所說，是劍主動出聲，讓那個愛洛瓦使用自己吧。不過，『對妖精說話』的功能是怎麼發動的呢？」

「這個……」

大概是找不到合適的回答，穆罕默達利支吾了起來。

「抱歉，我並不是在懷疑學長的記憶，只是有一種哪裡對不太上的感覺。」

「哦，要說對不上的感覺的話，我也有一處在意的地方。」

葛力克稍微探出身體。

「那把劍確實有達到『掌控知曉其能力者』的程度。如果只有這樣，所有人在同時間變成怪物也不奇怪。但是，按照剛才你說的，好像有滿長一段的時間延遲吧？是說，聽到還有生還者時，我就覺得哪裡不太對勁了。」

「所以你覺得……背後還有其他理由嗎？」

「沒，我只是有點在意而已，沒有要深究的意思啦。雖然我當然對解謎的部分也很感興趣，但你並不是為了這種事才把我們捲進來的，對吧？」

葛力克環顧房間。

這裡是前技官的密室，他與穆罕默達利同樣是在那椿事件中活下來的生還者之一，並且在那之後把生涯都奉獻在遺跡兵器的研究上。這個房間沒有遭到護翼軍或帝國毀壞的痕跡，他的研究過程與成果都完好無缺地保存了下來。

「遺跡兵器非常堅固，一般手段沒辦法損其分毫。但是來這裡的話，姑且不提控制方法，或許能找到破壞的方法。為了找到那樣的方法並加以實踐，單靠醫生你的大手是不夠的……是這樣吧？」

「哦……哦哦，這個嘛，嗯，差不多就是這樣。只不過，有一點需要訂正。」

穆罕默達利轉動身體，環視房間一圈。

「這裡確實有破壞的手段。他應該已經連解開遺跡兵器的連結，找到分解各種不同的護符（Talisman）的手段了才對。」

遺跡兵器是貴重的武器。就算要做研究，也不能隨便耗費掉這種數量有限的武器。因此，將分解的遺跡兵器復原的研究幾乎毫無進展，研究本身也都遭到凍結了。

「……真想在他（威廉）還在時問他這件事呢。」

妮戈蘭一臉落寞地輕聲說道。她發現另外兩人的視線都集中在自己身上後，便搖搖頭說：「沒事。」

「不過，如果是這樣，那事情就好辦了。」

砰的一聲，葛力克右手握拳，捶進左手的掌心中。

「雖然跟平常的情況有點不一樣，但我畢竟是尋寶好手嘛，就在天亮前搞定這件事吧……」

他一鼓作氣地站起身，接著突然看向天空。

「怎麼了嗎？」

「……啊，不，沒事沒事，大概只是我的錯覺吧。」

他微微擺了擺手，重新面向成排的書櫃和陳列在上面的研究資料。

「醫生你就坐著吧，我比較怕你在這個房間裡轉來轉去而釀出意外。我和妮戈蘭去找看起來有關聯的紀錄，醫生就負責檢查吧。」

剛說完，他也不等穆罕默達利回答，就從手邊的書櫃上一口氣抽出幾捆卷宗。

4. 現代，費奧多爾，黎明前夕

他再次覺得，語言這種東西實在非常不便。

不管用上多少詞彙，口才有多伶俐，能夠傳達的事還是很有限。有時會無法傳達自己真正想傳達的事，有時會意會不出對方真正想詢問的事，有時會產生誤會或意見分歧，這樣的問題總是如影隨形。

然而——費奧多爾認為——唯有現在該感謝這份不便。因為不是一切都會傳達過來，他才能勉強抑制住聲音。

「……可惡……」

費奧多爾在哭。

他背對鏡子，朝天花板微微仰頭，並用衣袖蓋住雙眼。儘管硬是忍住了想嚎啕大哭的衝動，但還是止不住哽咽。

——曾經有一個叫作威廉・克梅修的男人。

他出生在距今五百多年前的過去。比懸浮大陸群誕生，比世界上出現〈十七獸〉都還要早。他出身人族，為了同胞而選擇賭上性命戰鬥的道路，結果，在同胞滅絕後的世界獨自活了下來。

他是個重情重義的男人，因此相當自責，內心始終放不下那些再也見不到面的人，再也回不去的地方。他稱不上活著，只不過是沒有死罷了，就這樣過著日子。

然後……在此時，他與妖精相遇了。

在這個即將毀滅的世界，那一群少女暗中為同胞拚命戰鬥著。他在她們身上看見了過往自己那群人的身影。除此之外，他也從自己身上找到了已經見不到面的家人身影。

這就是對他而言的救贖。

並且……對那群少女而言，應該也是相同的。

一夜過去。

費奧多爾花了如此漫長的時間，來聽那個男人的故事。

故事的一部分與從緹亞忒她們那邊聽到的有重疊，也與他自己調查妖精倉庫時所得到的資訊一致。然而，大部分是他從未想像過的……也不可能想像得到。這是很理所當然的事，誰又想得到現在這個時代的天空中，曾經存在著人族的倖存者呢？

他再次想到了許多事，也有數不清的感觸。這些難以用頭腦處理的情緒，溶於哽咽與眼淚之中滿溢而出。

如果能夠那樣愛一個人，會是多麼幸福的事？

如果能夠那樣為一個人所愛，會是多麼幸福的事？

並且——對於做到那樣的程度而死去的人，現在活著的人該如何才追得上？過去如此備受呵護的那些人，事到如今，該如何才能讓她們獲得幸福？

雖然他早知道了，但還是再次這麼想著。

「……果然是我的敵人啊。」

在無數浮上心頭的話語中，他只挑了這一句從喉嚨裡擠出來。

他現在背對著鏡子，那個黑瑪瑙的聲音不會傳遞過來。

黑瑪瑙——他擅自如此稱呼的那東西，並不是威廉·克梅修本人，但作為本人的一部分度過了數百年的光陰。因此，可以用非當事人的視角來敘述當事人才知道的事。那是在這個即將終結而忙碌的世界一隅，無聲地尋求救贖的人們的故事。

門扉被有所收斂的力道敲響，有間隔地敲了三下。

他像是幽魂般踏著微微搖晃的步伐，走過去將門打開。

「馬上就要天亮嘍……啊，原來你醒著啊，早安——唔？」

緹亞忒穿著寬鬆的睡衣，看起來還有點睏的樣子。

比起費奧多爾，那雙嫩草色的眼眸率先掃視了房間裡面。

「是說，你該不會整晚沒睡吧？」

緹亞忒看著沒有使用痕跡的床質問道。

「我說你啊，明明已經夠逞強了，該休息的時候卻還不休息是要怎樣啊！我昨天不是有叫你要好好睡覺嗎？那可不是在開玩笑喔！」

費奧多爾將毫無魄力的罵聲當耳邊風，同時想起一件事。這個女孩也有參與到威廉．克梅修這個人物的足跡。當時的緹亞忒比現在年幼得多，但聽說還是一樣拚命努力，也很愛裝大人，並且……用憧憬的眼神注視著最喜歡的學姊的背影，想著自己總有一天要追上她。

「我說你啊，有沒有在聽……咦，哇呀！」

當他回神之際，自己已經抓住了她的肩膀。

他垂下頭藏住表情，就這樣用這個姿勢，死命忍住想緊緊抱住她的衝動。

——他們連學妹有多頭腦簡單，有多純真無邪都沒發現，只將唱高調的羅曼史演完就退場，實在太差勁了吧！

忘記是什麼時候，他曾對緹亞忒吼過這句惡毒的話語。

雖說他自己知道這句話的目的是挑釁，但當然還是說得太過分了。這種事他打從一開始就明白了。儘管如此，到了現在，他又想說出同樣的話語。

珂朵莉．諾塔．瑟尼歐里斯的身邊或許有威廉．克梅修，然而，緹亞忒．席巴．伊格納雷歐的身邊一個人也沒有。

「是是是是怎樣！這次又要幹麼？」

緹亞忒隨時都是一副堂堂正正的模樣，表現出自己是個可靠的大人。但事實上，她不擅長應付突發事件，要正式上場時也會退縮，在各方面都靠不太住。威廉．克梅修似乎覺得自己必須看著她的背影，好好守護著她才行。費奧多爾認為這很理所當然，完全同意。

——可是，我沒有那種資格。

他將袖子甩到臉上，粗魯地擦著淚水。

沒錯，正如他昨晚回答黑瑪瑙時所說的那樣。費奧多爾．傑斯曼誰都保護不了，也成不了大事，什麼都改變不了，連一個約定都無法遵守。

他想起一件久遠的往事。

那是他與訂下婚約的少女還有姊姊之間的對話。

他曾懷抱過理想，並將其描述為夢想，儘管姊姊二話不說就潑了他一桶冷水，他實際上也半放棄了。不過，他的目標應該就在那裡。

他成不了英雄，成不了勇者，去不了那種燦爛耀眼的地方，過不了那種志得意滿的生活。因此，費奧多爾所選擇的是更不一樣的做法。

而且，雖然是在繞遠路，但那就是費奧多爾現在再次踏上的道路。

「……哎，真是的！」

抓著肩膀的手被甩開了。

他的頭被用力地拉了過去。

她以不容分說的臂力將他的臉壓在胸口上。

就算黃金妖精的身體再怎麼嬌小纖細，身姿樣貌依舊是一般正常的無徵種青春少女。該柔軟的地方很柔軟，該溫暖的地方也很溫暖。

「等……等一下啦，緹亞忒！妳這是在做什麼？」

「惡作劇。」

純粹就姿勢來看，她現在正將費奧多爾的頭溫柔地抱在胸前。

至於實際情況，則是她為了讓費奧多爾無論怎麼抵抗都逃脫不了，而巧妙地箝制住他的頭骨和頸椎。如果他要掙脫出去，大概必須先把自己的頸骨給折斷才行。

「這叫惡作劇？」

「因為我看你好像又被逼進了死胡同。但你這個人很倔強，想必最討厭在這種時候受到別人的溫柔對待吧，所以是惡作劇。」

「……呿。」

他無言以對。這是沒有一絲破綻的最佳解答。

「啊，不過，對不起喔，是由我來做這種事。我先為這一點道歉。」

她用沒有固定住脖子的那隻手，輕輕地摸著費奧多爾的頭。

「什麼意思啊？」

反正抵抗也逃不掉，他就放棄抵抗了。

「你想想，這種事不都是家人或情人之間在做的嗎？」

「哦……嗯，也是。」

經她這麼一說，確實是如此。對一般社會大眾而言，親密的擁抱本來就是這麼回事，畢竟都說是親密了，這算是常識。不過，費奧多爾的家庭環境有點特殊，能稱得上是情人的對象也……沒正式擁有過，所以他沒有切實地感受到這一點。

「你啊，雖然我不知道你是怎麼想的，但我覺得你會非常珍惜自己所重視的人。」

她突然在說些什麼？

「哪有這種可能啊。」

「就是有這種可能喔。這是你的優點，而且可能也是類似魔咒的東西。當重要的事物在身邊還不會有事，然而一旦失去就完了。要是自己最珍惜的寶物壞掉，就會變得沒辦法重視這世上的任何一切——」

「這是誤會。像妳這樣的人，又能了解我什麼啊？」

雖然他口頭上反駁了，但緹亞忒當然聽不進去。

「——我也許不了解你，可是，我想我很了解菈琪旭、潘麗寶、可蓉還有……蘋果和莉艾兒。」

太卑鄙了。提出那些名字的話，他就什麼也反駁不了了。

「黃金妖精整個種族全都是很愛撒嬌的小孩子。我們分辨得出哪個人願意寵我們，然後一起喜歡上對方。還有，瑪格應該也是吧？」

這時候，她像是突然想起什麼似的哈哈一笑。

「不過，我很討厭你對吧，你也很討厭我不是嗎？」

儘管如此——她用溫柔的嗓音接續下文。

「我覺得，如果我能喜歡上你，現在應該會非常幸福吧。」

咦？

一陣令人尷尬的沉默。

他的臉好燙。

緹亞忒捉著他不放的手也連帶變得隱隱發紅。

「……我剛才該不會說出了非常羞恥的話吧？」

「妳從剛才開始就一直在講很羞恥的話。」

「唔哇啊啊！」束縛解除了。「不算不算，剛才那不算，你就當作沒聽到吧！」她背對著他，蹦蹦跳跳個不停。從後面可以看到她兩邊的耳朵果然都像被燙過一樣紅通通的。

費奧多爾一邊喘著氣調整呼吸，一邊思考。

緹亞忒所說的話，從各方面來看都沒有錯。如果他能喜歡上這個女孩子，現在的自己確實也會非常幸福吧。

但是，就算她是對的，他不能屈服。他不可能允許自己擁有那樣的幸福。費奧多爾．傑斯曼已經選擇了不同的生存之道。

「啊嗚啊嗚啊——！倒退吧！時間倒退吧！」

陷入混亂的緹亞忒抱著頭，一邊在地上打滾，一邊不斷發出「嗚咕～嗚咕～」這種意義不明的狀聲詞。看著她的背影實在很難繼續思考正經的事情。於是，他嘆了口氣，朝她的背影伸出手……

——感覺到一股奇妙的氣息。

他轉過頭，只見走廊另一端，旅店老闆爬上樓梯，正往這邊走過來。

現在是一大早。而他們剛才就在開著門的情況下，有點吵鬧地喧嚷著。

「啊，不好意思，我們吵到人了吧。」

他露出討好的笑容，彎著腰捉住緹亞忒的衣領。

「我們會安靜的，是說其實也差不多要離開了，麻煩幫我辦退……房……」

他以為那是旅店的老闆。

昨晚看到的老闆是鹿頭沒錯，現在能看見的頭裡面，其中一顆毫無疑問就是他記憶中的長相。

他之所以沒有確切的把握，是因為對方有好幾張臉。身體本身只有一具，但肩膀、手臂、腹部和膝蓋，總之就是身體的各部位都長出了頭。那並不是什麼裝飾品，證據就是所有的臉都從嘴巴發出既不像怨嘆，也不像悲鳴的嘎吱怪響。如果是人造品，那實在是非常了不得的技術。

「……這……這是豐收祭的裝扮嗎？」

他覺得自己說了一句蠢話。

「未……未免也太不應景了吧，現在不是春天嗎？」

他聽到緹亞忒傻傻地提出糾正。

旅店老闆（推測）慢慢地接近。相較於那副奇形怪貌，他的腳步意外地踏實穩定。費奧多爾呆呆地看著好幾顆頭各自露出獠牙，伸出比原本的身形粗上幾倍的手臂，往緹亞忒的頭髮抓了過來。

「欸？」

千鈞一髮之際，他用體重使出一記前踢，把旅店老闆，又稱暴徒給踢開。

（好重？）

兩人之間本就存在著體型差異，但光憑這一點，沒辦法解釋他踢出去的那腳怎會受到如此大的反作用力。他硬是忽略掉發疼的腳踝。

「緹亞忒！」

他一把抓住少女，衝進房間關上門。隨著傳出類似敲槌子的聲響，便宜旅店的破爛門扉開始搖動，看樣子撐不了多久。

那是有加害之心的舉動，對方無庸置疑是敵人。就算他也動用暴力進行防衛應該不成問題。然而，無論是被攻擊的理由還是對方的來歷都不清楚，更別說他根本不確定那是不是拳打腳踢就能制伏的對手。當今之計唯有逃跑了。

「行李放在哪裡？」

「在……在我的房間。」

「那之後再回來拿吧。走嘍！」

話音剛落，費奧多爾就拔腿狂奔，而背後傳來門被撞破的聲音。他抓起裝滿自己隨身物品的行囊，朝半開的窗戶跳出去。

「我們不是還沒付住宿費嗎？」

「先賒著吧！」

他從二樓縱身一躍，就這樣用護身倒法掉在石版路上。由於他是用很不合理的姿勢跳下，所以肩膀有點受傷。如果只有這樣，他勉強還能承受得住，但至今為止不斷受損所累積起來的全身痛楚一次爆發了。他硬是抑制住身體的抽搐，擦掉滲出的冷汗後站起身。

緹亞忒用雙手按住睡衣的裙子，輕飄飄地降落下來。在妖精兵裡面，緹亞忒的魔力基準輸出是數一數二的低，雖然這似乎是當事人感到自卑的原因所在，但應對這種緊急事態上感覺很方便。老實說，他很羨慕。

不對，現在不是想這種事情的時候。

「……難道說……」

他環視周遭。黎明前的科里拿第爾契市。路上除了他們之外看不到別人的身影，而且只有風吹動樹葉的聲響，沒有聽到其他值得一提的聲音。

他察覺到一個異狀。

費奧多爾與菈琪旭・尼克思・瑟尼歐里斯透過墮鬼族的瞳力持續連接著心靈。因此就算隔了一點距離，只要想知道的話，還是能大略掌握住彼此的位置與狀況。至少到昨晚為止都是如此。

現在不同了。明明連結並未切斷，他卻不曉得菈琪旭的所在地。

很難想像旅店老闆和菈琪旭這兩人的異狀沒有關聯。而且，費奧多爾也不是沒有相關線索，儘管那只是他根據手邊的資訊，不斷反覆推測與臆測的結論而已。

「真是夠了，這跟說好的差太多了吧……」

威廉・克梅修是人族準勇者，而所有遺跡兵器本都是由人族打造為「聖劍」的兵器，並且……

威廉・克梅修知道聖劍莫烏爾涅。

費奧多爾經由黑瑪瑙的口述，得知了那把劍的相關知識。沒記錯的話，聽說那是將不同的心靈捆束起來的羈絆之劍。而且，正因為這一點——將心靈捆束起來，讓莫烏爾涅在極位古聖劍之中是屬於比較容易發動的一把劍，但也是它幾乎無法運用於實際戰場上的原因。

當然，僅憑這個知識並沒辦法解釋清楚現在眼前發生的事態，而這一點對費奧多爾來說，才是最重要的資訊。因為拼圖的碎片目前還沒湊齊，換句話說，他知道除了莫烏爾涅之外，還有更重要的拼圖碎片存在。他正在往前邁進，而且還能夠繼續向前。

「……現在還來得及，應該還有我能做的事……」

他用力咬緊下唇，朝身旁的少女伸出手。

「緹亞忒，走吧。」

「呃，咦？可是，你看我的衣服……」

緹亞忒低頭看著自己的睡衣這麼說道，但費奧多爾毫不理會地抓住她的手腕。

「菈琪旭小姐可能有危險，那種小事晚點再處理！」

他跑了起來。

「才不是小事哩！唔，我……我說你啊！」

假如真的不願意，現在立刻催發魔力就能輕鬆掙脫掉了。然而，緹亞忒再次紅了臉，還低壓說話的聲音怕吵到附近的人，就這樣讓他拉著手跑了起來。

「幸好現在是春天，妳應該不會感冒啦！」

「不是那個問題吧？」

少年與少女奔跑在早晨的街道上，白色的薄霧籠罩下來，飄盪著一股廢墟般的氛圍。

——叮鈴鈴。

似乎可以聽到某處傳來像是鈴鐺的輕響。

「仰首即見明日燦爛」
-sword of morn-

1. 莫烏爾涅之晨

這裡是比魯爾巴盧恩霍姆隆恩家旗下第七別墅的大金庫。

在用鋼鐵武裝起來的房間中央，安置著一把劍。

在不曉得其真面目的人眼中，那看起來或許並不像劍。畢竟所謂的劍，通常都是以一塊金屬打造出來的。鑄造也好，鍛造也罷，這個原則都是不變的。儘管如此，那把赤灰色大劍卻是用無數金屬片拼湊而成的。彷彿是用黏著劑把曾經四分五裂的東西拼起來似的，外觀甚至可能會令人感到不安。

遺跡兵器莫烏爾涅。

那是一把遺跡兵器。過去地表上的人族為了對抗龍（Dragon）和星神這種蠻橫的威脅而鍛造出的兵器群之一，是人造的蠻橫之力。

遺跡兵器會與人類催出的魔力產生共振而催發出力量，並因應敵人的強大與戰場的激昂熱血來增強。在這種時候，高階遺跡兵器大部分會發生各自獨特的現象——人類稱之為異稟。「印薩尼亞」會延緩使用者的恐懼；「希斯特里亞」會保存自己的戰鬥紀錄，然後將之重現；「瑟尼歐里斯」會不由分說地將砍中的對象變成死者。

那麼，「莫烏爾涅」的情況呢？

作為極位古聖劍，在許多遺跡兵器中也被列為最高階的這把劍，祕藏於劍身的力量究竟是什麼呢？

護翼軍的資料室存有人族遺留下的古老記憶。

根據人族的記憶，莫烏爾涅被視為結合羈絆之劍。具體來說，就是一把可以將夥伴的力量合而為一的劍。在使用者和夥伴之間創造出強力的共鳴狀態，強制合成能力和狀態並共享。這樣就可以讓個人力量遜色甚遠的人族群體，能與更強大的敵對種族戰鬥。但是，在現代的懸浮大陸群，知道莫烏爾涅這把劍的人都一致認為這樣的記述是不正確的。

從前莫烏爾涅發揮出其異稟之際，醫師穆罕默達利・布隆頓博士人就在現場。

在堪稱最慘烈記憶的那椿事件當中，許多生命消逝了。穆罕默達利是當時的少數生還者之一，如今變成了唯一活著的人。他根據當時的經歷，將莫烏爾涅所擁有的能力解釋為連肉體都會被影響的極強掌控力，無差別地強力作用於所有「知曉其能力者」身上，是有點犯規的能力。

費奧多爾・傑斯曼透過護翼軍的資料以及與穆罕默達利的對話，逕行對莫烏爾涅這把劍做過推測。

他的推測不僅是以穆罕默達利拚命想隱瞞的事物正是祕密的核心為前提，並且也跟穆罕默達利自己得出的解釋很相近。莫烏爾涅是危險的兵器，這一點看來是沒有錯，但換句話說，只要能夠控制其危險性，這把劍便能作為強大的戰力來運用。這就是他的結論。

憑藉這個推測，再加上黑瑪瑙告訴他的知識，無庸置疑地，莫烏爾涅是為了幫助守護人類的勇者戰鬥而存在的一把聖劍。其異稟本身原先應該不是什麼會傷害人的東西。

到底哪一種理解才是正確的？抑或是這些推測全都是錯的？

對答案的時刻即將來臨。

†

天色漸亮。

異變已經開始。

†

由於實在太舒服，害她不小心起得有點晚了。

「呼啊……」

醒來後，忍不住就要打一個呵欠，她連忙憋住。

用手背輕輕揉了揉眼皮，瑪格……名為瑪格莉特．麥迪西斯的少女從毛毯中爬起身。

早晨的陽光從窗簾的縫隙間照射進來。

總覺得好安靜呢——她心想。

「……菈琪旭……小姐？」

她轉頭環視四周，但房裡沒有其他人的身影。明明應該還有另一個較年長的少女用標準的睡姿躺在這張床上才對。

是不是去洗臉了呢？

若是如此，那她是何時起床的？瑪格完全沒察覺到氣息與聲響。換作是不久前那個已經習慣逃亡生活的自己，絕對會一躍而起。相較之下，她覺得現在的自己鬆懈了不少。

「呼啊……啊……」

她敗給了倦意，又打了一次大呵欠，然後揉了揉眼皮。

果然很安靜呢。她再次這麼想著。

「………？」

她發覺不太對勁。

太安靜了。的確，現在是一大清早，城市還處於睡眠之中並不奇怪。然而，這種像是整座城市全死絕般的寂靜，實在太過頭了。

叮鈴鈴。

她好像聽到了宛如鈴鐺的沁涼金屬聲響。那樣的音色奇妙地讓內心感到安寧，不禁又睏了起來。

轉瞬過後，什麼也聽不到了。她環視房間，並沒有發現任何看似會發出那種聲響的東西。是她的錯覺嗎？

她在睡衣外披上一件斗篷，將兜帽拉得極低。接著，她放輕呼吸，躡手躡腳地離開了房間。雖然她算是以客人的身分被招待到這棟宅邸的，但暫時先忘掉這件事。她抱著深入敵營的心情，深深地掩藏起自己的氣息。

啊，果然沒錯。

一來到走廊，她立刻發現自己的推測是正確的。

上流社會宅邸的早晨，就算刻意壓低聲響，還是會充滿傭人忙碌地四處走動的氣息，至少瑪格的原生家庭就是如此，這裡的情況應該也不會差太多。不過，聲音也好，氣息也罷，這裡什麼都感受不到。

是包含菈琪旭在內的所有人，留下她一人在這裡，跑去哪裡了嗎？但若是如此，又是為什麼？

她稍微走動了一下。

發現傭人的房間後，她從門的縫隙間窺看裡面。有人在，一個躺在床上，一個趴在桌子上。

（死了嗎？）

浮現這個推測的瞬間，瑪格的情感便凍結了起來。

有對死亡的恐懼，也有對屍體的厭惡。但是，她用意志力將這一切都壓制下去。自從失去故鄉後，她在這五年間學會了這件事。要是辦不到的話，她早就活不下去了。

她定睛一看，可以瞧見傭人的胸口微微地起伏著。他們還活著，只是睡得很熟罷了。

冷靜地思考過後，她判斷現在不該進入房間。既然那兩人沒死，她也沒有其他需要當即確認的事。雖然不清楚犯人的手段和目的，但發生具攻擊性的異狀這一點是確定的。既然如此，房間裡很有可能設置了陷阱。她靜靜地遠離房間。

叮鈴鈴。

她好像聽到了聲響。

一瞬間，有股強烈的睡意襲來——不對，是她差點昏倒了。

很快地又聽不到任何聲響。

她覺得果然是自己聽錯了。那聲響用快得異常的速度消失在瑪格的意識表層。

她發現了菈琪旭。

人就趴倒在走廊上。

她跑過去，將菈琪旭抱起來。菈琪旭果然睡得很沉，不管是拍還是捏她的臉頰，她連眉頭都不皺一下。

（——昏迷狀態。）

瑪格再次壓制住差點動搖的心情。在凍結情感的情況下進行思考。她能夠想到的原因之一是毒。犯人在宅邸的水井下毒後，經由昨晚的飲食進入屋內所有人的口中，一夜之間便讓大家失去了意識。

她覺得有哪裡不太對。若是這樣，就沒辦法說明為何自己——種族並非特別強悍的瑪格莉特．麥迪西斯現在會平安無事。

瑪格想要幫助這個人。菈琪旭．尼克思．瑟尼歐里斯。雖然不清楚詳細情形，不過她似乎有許多隱情。她是護翼軍逃兵，而且對現在的費奧多爾來說，她是非常重要的人……之一。

費奧多爾。

他是瑪格一直以為五年前就已經死去的未婚夫。

當時的她年紀還小，完全不懂婚約這兩個字的意思。儘管她現在也不是很了解，但之前被教過的「許下永遠在一起的約定」，就幾乎是她對婚約的全部認知了。她當時在自家沒有容身之處，總是感到孤單，這樣對她而言已經很足夠了。

因此，是的，沒有錯，在失去費奧多爾之後，瑪格就成了孤身一人。世界在她眼中都是黑白的，人們的說話聲聽在耳中只覺得是噪音。曾經感受過溫暖的身體，在那份溫暖被奪走後，就變得比以往更加冰冷。

為什麼自己倖存了下來呢？她好幾次這麼自問著。如果她也在艾爾畢斯事變中死去，就不需要承受更多悲傷了。

與此同時，她也這麼想著。至少費奧多爾不用嘗到失去重要事物後，孤身一人獨活的痛苦。這一點對失去一切的瑪格而言，是為數不多的希望之一。

所以，知道他還活著時，罪惡感比喜悅更快籠罩住瑪格的內心。他或許一直以來都懷抱著與她相同的絕望，或者更勝之。在藉由「斯帕達」這個名字與他接觸過後，她的猜測轉為肯定。他這一路飽受折磨，目前也正在受苦，而且原因不是別人，正是自己。

（現在要是連菈琪旭小姐都不在的話……）

菈琪旭說過，因為身體上的因素，她不能再繼續待在費奧多爾身邊。儘管如此，只要彼此都還平安地活著，這一點兩人也都會知道。既然如此，想當然的，如果菈琪旭在這裡死去，費奧多爾又會陷入痛苦之中。這是不行的，絕對不行。

（該怎麼辦才好？）

叮鈴鈴。

聽到了聲響。腦袋無法靈活運轉。

首先要做的應該是把握現狀。

她催發魔力以活化肌肉力量，決定將菈琪旭帶回房間放到床上，再到處去調查宅邸的情況。引發這種事態的凶手搞不好還在，或者除了她以外，可能還有其他醒著的人也說不定。要找醫生的話，留待之後再說。

她這麼想著，在厚厚的地毯上奔跑著。

†

有一種技術叫作咒脈視。

簡單來說，就是將正在眼前運作的咒力或魔力之類的玩意兒，重疊在視野加以感知的技術。由於並非強化眼球本身的功能，只是「大腦以視覺來解釋透過五感以外的形式所感知到的東西」，所以就算被蒙上眼睛也能夠毫無窒礙地使用。類似的技術還有咒脈嗅和咒脈觸等等，主要是一開始就不依賴視力的種族普遍在使用。

而且，這些都算是滿高階的技術。

跟單純地催發魔力，或是利用魔力在肌力上灌水這種（簡言之就是）雕蟲小技完全不能相提並論。必須確實受過操作魔力的教育，並在體系化的訓練下持續學習，才能夠駕馭這些技術。

瑪格莉特·麥迪西斯大多是靠自學來學會操作魔力。因此，像是減輕對身體造成負擔的方法，還有利用最低限度的魔力來得到最大效果的訣竅等等，這名少女對這類的知識幾乎一無所知。

所以想當然的，瑪格並不會使用咒脈視。

她不會知道自己找到並帶回房間的少女的身體，現在正處於何種狀況之中。按常理來看，那具身體正用離譜的勢頭催發著魔力——不斷催發著，但她無從得知。

位於宅邸西邊，樓梯間旁邊的大廳中，有一名狼頭男人正抬頭看著牆壁。

不對，他是看著一幅掛在牆上的巨大畫作。

（這是……）

瑪格就這樣藏起氣息，從那個男人的背後繞過去。

那是一幅風景畫。

上面畫著石造廣場的寧靜景色，幾個小小的獸人孩子把腳浸在水渠裡玩耍，後方的好像是中央大書館的雙子塔。既然如此，這應該是科里拿第爾契市的某處。

「——這座廣場已經不存在了。」

男人突然這麼說道。瑪格打了一個哆嗦。

「約莫是五十年前的事了。為了給當時暴增的有翼種族建造聚落，就連同旁邊的森林一起夷平了。」

視線完全沒有從畫上移開，男人——這棟宅邸的主人，比魯爾巴盧恩霍姆隆恩的前任當家用苦澀的聲音繼續說著。

他知道她在這裡。

瑪格感覺他在招呼自己過去，就靜靜地走近男人的斜後方，然後再次仰看同一幅畫。

「很美的景緻對吧？所謂的科里拿第爾契市之美，並不是那種打造華麗卻流於庸俗的觀光景點。當地居民的幸福日常才是一切輝煌的所在。那是一旦遭到破壞便再也無法挽回的燦光。從遙遠的時代開始，這座城市就是如此。

意圖破壞這座城市的人們……德里歐市長，那些沒有毛皮獠牙，毫不客氣地闖進來的傢伙，完全不懂這一點——」

他的嗓音沉重而嚴厲，卻又帶著一股溫柔。

她有點訝異。就在昨晚，這個白狼頭男人才在菈琪旭面前露骨地表現出對無徵種的嫌棄，還口出惡言。實在不覺得當時的嗓音和現在這個是出自同一人身上。

「我要的絕對不多，只是不想失去重要的人，不想再失去而已。所以我提出控訴，為了守護而進行抗爭。然而，為什麼呢？為什麼唯獨我必須被蠻不講理地奪走一切呢？」

他語帶哀傷。

這個男人是真的由衷感到悲痛。

「這一點——」在這時候插嘴是很需要勇氣的。「——這一點對於任何人來說都是相同的。」

「胡扯。」

男人背著她緩緩地搖了搖頭。

「妳的意思是，還有其他不惜侵蝕這座城市的真正之美也要守護的事物嗎？哈，像那種醜怪的東西，滅亡是很理所當然的事。」

那是——

面對那種粗暴的措詞，瑪格並沒有感到憤怒，只有一股來由不明的落寞。

這個狼徽族人擁有平凡的溫柔。因為平凡，所以他展現溫柔的對象很有限，抗拒著除此之外的人事物。

這種想法並不罕見，任誰都會有大大小小的相似之處。愛著家人的人，不會給予家人以外的對象相同的愛。以這個人的情況來說，只是有一點極端罷了。真的只有那麼一點點而已。

「這世界充滿了愚昧，能理解我的想法，願意一同奮戰的人少之又少。曾與我志同道合的奉史騎士團也早就連同那份榮耀一起殞落了。相較於必須守護之物的大小，孤身一人的我實在太無能為力了——」

悲傷似的，懷念似的，悼念似的，帶著某種嘲諷似的，男人如此訴說著。

瑪格這才想起，雖然她不小心被這股氛圍吞沒了，但現在並不是興致勃勃地參與對話的時候。

現在這棟宅邸處於異常之中。本應有十個以上的傭人卻統統不見蹤影，而是昏迷在房間或宅邸的各處。依照她目前為止所見到的，只剩自己和這個狼徵族人還保有意識。必須向他問清楚情況，然後合力去拯救其他人才行。這個想法驅使在氣勢上受到壓制的瑪格張開喉嚨說了聲「請問」，然而……

「沒錯，我是很無能為力——」

她立刻收回了下文。

「**但我們可不是**。」

叮鈴鈴。

她聽到了聲響。

「雖然跟原先的安排截然不同，不過那都只是小事。我們將會以〈羈絆〉之名，統合力量。」

伴隨著踩碎枯骨的聲音，男人的肩膀從內側隆起。感覺很貴的外套從內側被咬破，緊接著，好幾隻手臂現形。有隻手臂上盡為鱗片所覆蓋，有隻手臂呈現昆蟲般的骨節，有隻手臂長滿了深褐色的羽毛。

瑪格的的視野顫動了一下，她有點後知後覺地發現自己癱坐在地上。有股微熱的東西在雙腿間擴散開來。太可怕了，她必須快逃。雖然腦子這麼想著，但身體完全不聽使喚。

「不……不可……饒……」

這次是臉，然後是嘴巴，接二連三地從男人的身體長出來。

「不可……饒……恕……恕……」

救……命……

瑪格口中漏出這道嘶啞的嗓音。

這一刻，絕望再次籠罩住瑪格的內心。即使求救也沒用，她只有自己一人而已，從艾爾畢斯陷入火海的那一天起，一直都是如此。她在拒絕他人援手的情況下生活至今。因為這就是她的人生。

叮鈴鈴鈴鈴鈴鈴鈴鈴鈴鈴鈴鈴鈴鈴鈴鈴鈴。

她開始聽到鈴鐺的聲響似乎在說些什麼。

（『不要放棄』……？）

瑪格張望四周，尋找說話聲……不對，是聲響的源頭。她當然沒有找到。說到底，連鈴鐺聲是在近處搖響還是從遠方傳來的，這種根本性的問題她都聽不出來。

（『不要嘗試獨自面對』、『攜手』、『一起戰鬥吧』……？）

瑪格耳邊響著類似鈴鐺的大音量。

強烈的睡意襲來，眼前晃了起來，她抵抗不住。

意識遠去，就在終於要消失之際——

某處似乎傳來了玻璃被撞破的巨大聲響。

2. 有異物的早晨

靜謐的住宅區一隅，響起大型火藥槍齊射的聲音。

費奧多爾等人趕到時，市街戰已經結束了。

他們從道路的隱蔽處悄悄窺視。只見幾個護翼軍士兵正舉著威震四方的火藥槍——剜眼者(Pupille Gorger)，小心提防地盯著「敵人」。而身為「敵人」的某個異形，全身流著好幾種顏色的血，趴倒在石版路上。不對，好幾顆頭都各自面向不同的方向，所以也不知道用「趴倒」來形容這副模樣是否恰當。

無論如何，總之他覺得那東西看起來很像那間旅店的老闆。

在來到這裡的路上，費奧多爾聽到了好幾次類似的槍擊聲。這也就是說，同樣的戰鬥不斷在這座城市的各處發生。

「那是……」

正當費奧多爾要探出身子時，緹亞忒說了聲「很危險耶」並拉住他的衣襬。儘管槍擊本身已經停住了，然而士兵並沒有離開。雖然不知道消息有沒有傳到基層士兵那邊去，但他畢竟是個逃犯。

「雖然很危險，但這是線索。」

他硬是衝出去了。

士兵受到驚動，幾個槍口轉了過來。

他毫不在意地跑向倒下的異形。異形全身長出的頭部各有不同的種類，不過大致上是個獸人，而且不是小孩子。槍傷流出的血基本上是紅色的，但到處都混雜著藍色和綠色。

就算科里拿第爾契市是開放的都市，有形形色色的種族在此混居，也不可能會出現這種物理上的混合體。對這座都市而言，這個人當然同樣是異物。

他抬起頭，環顧一下周遭。可以發現這個異形肆虐的痕跡，幾個害怕得發抖的傷患，還有已經不會動的人，看來狂暴性與危險性極高。再加上還要出動以鎮壓暴徒而言火力過高的剜眼者一齊發射，其生命力也可想而知。

「很危險，快離開！」

「哇，對不起對不起，我馬上就把他帶走喔！」

這些士兵似乎不認得他們的長相。其中一名看起來像隊長的人舉槍喊道，而緹亞忒則揮動手臂哇哇叫著。費奧多爾在她背後忽略對方的叫喊，繼續進行觀察。

在異形的身上，他發現有個東西很眼熟，那就是從靠近背後的側腹長出來的鹿頭。由於沾滿血汙的緣故，他也不好下定論，但跟昨晚見到的旅店老闆的原本面目是相同的。

——嘎吱般的聲響。

這個異形還沒有完全死透。幾顆腦袋還在一邊吐著血，一邊擠出微弱的聲音。雖然不清楚其中的意思與意圖，不過許多顆頭聯合起來不斷控訴著些什麼。

只要掌握到這些資訊，費奧多爾也能稍微看出事情的端倪。

遺跡兵器莫烏爾涅是與同伴結合力量的劍，其異稟是「締結穩固羈絆」，在使用者與同伴之間，強制發動強大的共鳴能力。據說可以將團隊裡的戰力和戰意加總起來，再分享給所有人。

（倒是沒想到所謂的加總會是這種意思就是了……）

如果他的預測沒錯，情況正在急速地惡化。所以護翼軍為了防患於未然而不惜殺掉知曉過去的人此一事態才會成為現實。

「但是，為什麼現在……」

「為什麼個頭啦！」

緹亞忒用力揪住他的後頸拉走。

「這樣很危險又會給人添麻煩，而且我們還有地方要去，已經沒時間了不是嗎？這裡就交給士兵解決，我們得加緊腳步。」她壓低音量。「再說，要是你的身分被發現就糟了。」

費奧多爾回了一聲「我知道啦」，然後甩掉她的手。

「我還有一件事要做，結束後就可以走了。」

費奧多爾不等她回答，就從口袋裡掏出一顆糖果，用單手拆開包裝紙，把裡面的糖果放進口中。他渾身是傷，腦袋裡又住著神祕人物，從今早開始連鈴鐺聲的幻聽都出現了，最慘的是還睡眠不足。狀態差到極點的腦袋回應著投下的營養，恢復些許活力。

其中一張異形臉的眼中還帶有光采，那是長毛貓。他將自己的臉——眼瞳湊過去，讓彼此的視線重疊。

他相信自己的眼瞳正散發著淡淡的光輝。

這是源自墮鬼族血脈，本應喪失的能力。他從未成功駕馭過這種力量，每次的發動都跟不慎擦槍走火一樣。但是，他覺得現在的自己能夠憑意志來操作。

「**你是……**」

他嚥下唾沫，宣布道：

「**我的朋友**。」

一瞬間——他有股自己融化掉的黏糊感。

遭到削減而逐漸變少的費奧多爾．傑斯曼的精神，再次失去形體，宛如具有黏性的液體從眼瞳流瀉而出，循著交會的視線，注入異形的眼瞳中。

——唔。

他咬住舌頭，堅持著不讓意識遠去。

而後，異形內側與他失去的精神同質量的東西，開始進入他的腦中。

聽姊姊說，這是很危險的力量。畢竟是切除自己的心靈，再納進他人來填補空缺，要說危險當然很危險。如果一再重複這個行為，就算只是對這種狀態置之不理，人格還是會無法保持全貌而開始壞死。將菈琪旭和黑瑪瑙納進腦中的費奧多爾早已處於這種狀態。即使沒到兩三天內這麼誇張，但想必在不遠的將來就會死去。

反正都知道自己死期將至了，如今這條命也沒什麼好捨不得的。

他不再注意逐漸被削除的自己，轉而辨識流進來的異物。精神是資訊的集合體，知識、情感、過去、慾望及其他一切事物都在相互交融的狀態下混雜在一起。他控制住紊亂的氣息，讀取其中的內容。

「——費奧多爾？」

——意識又一次即將遠去，但被緹亞忒的聲音拉了回來。

「唔……謝謝，得救了。」

費奧多爾。這是他的名字，也是將自己與他人區隔開來的記號。他是費奧多爾・傑斯曼，被人用這個名字來稱呼的只有他。

「你到底在幹麼啦？」

緹亞忒意識到自己在士兵面前喊出了逃犯的名字，便連忙拉起費奧多爾的手臂。費奧多爾這次沒有反抗，就這樣任由她拉進暗巷裡。

「我有一件事要拜託妳。」

「啊？」

緹亞忒回頭，他則將臉湊近說道：

「我——跟一些大人物有要事商量，這段時間妳先回司令總部吧。」

3. 瑪格

她的臉頰被拍了好幾下。

差點消失的意識一點一滴地慢慢恢復。

閉上的眼皮緩緩地睜開來，看得見眼前的東西了。是某種綠色的模糊物體。她眨了眨眼，讓視野更清楚。只見綠鬼(Bogre)族人正一臉擔心地窺探著她的臉。

這是夢。瑪格如此想著。

一定是這樣沒錯。這個人不可能也不應該出現在這種地方。而且她事到如今也沒有臉見這個人了。

唉——不過，儘管如此。

如果是夢，這樣對她來說正好。即使她知道自己不會再跟這個人見面，但還是有些話想告訴他。

「真的很……對不起……」

淚水滿溢而出，視野又產生歪斜了。

「都是因為我……那個時候……沒有聽你的話……葛力克先生……」

「嗯？呃……嗯嗯？」

他發出納悶的聲音。

「是說，啊，妳該不會是五年前的那個小鬼頭吧！」

「是……的……呃，咦？」

異樣感促使她清醒。她又眨了眨眼，瞳孔上的淚滴被擠出流下來，視野這次清晰分明地捕捉到眼前的東西。

錯不了的，這不是夢，也並非幻覺，確實是現實中知己的臉龐。

對方明顯比記憶中蒼老許多。但是，將五年歲月和綠鬼族的短暫壽命放在一起看的話，便會知道這只是理所當然的變化。

「咦……真的是葛力克先生本人……嗎？」

「就是那個葛力克。又在奇怪的地方遇到妳了。」

他握住她的手腕，將她拉起來。一股無法拒絕的現實觸感傳了過來。

「你們認識？」

陌生的嗓音從旁邊插進來，瑪格的全身因為無意義的警戒而打了個哆嗦。她慢慢轉過頭，看到一名似曾相識的高挑女性往這裡走過來。

沒記錯的話，對，是叫作妮戈蘭。昨天和歐黛等人在一起時有見過。但那只是單方面的，對方應該不認得她吧……因為她當時用面具和外套藏起了樣貌。

「咦，啊……」

「哦，很久之前在一片混亂中稍微打過照面。」

她覺得「一片混亂」這個說法很委婉，但若要精準地描述當時經過，會變得很麻煩。畢竟是整座懸浮島從空中消失的那一天所發生的事。

艾爾畢斯事變。

那是占據十三號懸浮島西部五地區的艾爾畢斯集商國，對懸浮大陸群的秩序發動的叛亂行為。他們嘗試將〈十七獸〉中的幾種帶進天空，結果出於各式各樣的原因而以失敗告終。而且，失敗理所當然要付出代價，有運進〈十七獸〉的懸浮島全都慘遭肆虐。

在滅亡的懸浮島之中，也包括了十三號懸浮島。

那一天的事，瑪格至今還記得——她也不覺得會有忘記的一天。熊熊燃燒的火勢大到彷彿會把天空烤焦，人們發出尖叫聲和怪聲到處跑來跑去，然後還有全身的痛楚。毀滅那個國家的並不是〈獸〉本身，而是〈獸〉逐步逼近的恐懼煽動了人們的情緒。經過五年，即使現在身上的傷勢早已痊癒，身體偶爾還是會控訴當時的痛楚。

「我帶她離開火災現場，送到了家人身邊，對吧？」

……她覺得這也是相當穩當的措詞。

瑪格當時被暴徒與亂竄的人們扯進風波中而受重傷，幸得葛力克和娜芙德兩人救助，將她送到島外……正當在思考接下來該如何是好時，同樣在避難的**家人**自報姓名並收養了她。於是，她便就此與那兩人分別了。

實際上，這件事裡混入了一個葛力克不知道的謊言。當時的**家人**其實是陌生人，是父親做生意的夥伴。雖然認得彼此的長相，然而直到當時為止連話都沒說過半句。她並不是信得過對方，而是因為對方跟她說「想見重要的人，就靜靜地跟我走」，所以她不由得就聽從了。

當時的瑪格比現在還要年幼，對世事一無所知。

儘管葛力克等人有擔心過她，但她騙他們說：「他真的是我的家人。」然後就甩開了他們的手。

「妳長大了啊。對妳們種族來說，五年也很長嗎？」

五年。沒錯，瑪格在那之後度過的五年，葛力克並不知道期間發生何事。

她不希望他知道。

在這世上，有一群人會趁著亂世謀取錢財。而無知的孩子對他們而言，是相當好用的道具。要是教養很好就更不用說了，而且萬一真出了事，也只要賣掉就行了。

她在上當、害怕的情況下，被迫幫忙做了幾件壞事。因為在披上犯罪者這個汙名後，她就沒辦法逃走了。不過，她還是受不了那樣的生活而趁隙逃了出來。在那之後，她不斷東躲西躲，也在這段過程中得知造成艾爾畢斯事變直接原因的商人的名字。由於她沒有其他活下去的理由，便決定將目標放在跟他們見面及想辦法讓他們賠償這兩件事上——

「——對不……起。」

「嗯？」

「對不起……葛力克先生……對不起……」

視野又染上一片白茫。淚水止不住地掉落。

「不是啊，妳突然向我道歉，我也搞不懂是在幹麼啊。」

瑪格絲毫不理會不知所措的葛力克——她連思考這種事的餘力都沒有——就這樣一直哭著，完全停不下來。

「……哎呀，真拿妳沒辦法耶。」

葛力克的聲音聽起來很傷腦筋，但他還是露出小小的牙齒，溫和地笑了笑。

「雖然我不知道妳在講哪件事，不過既然妳道歉了，我就原諒妳吧。好啦，我都原諒妳了，所以呢，妳先冷靜下來——」

這番話應該是想讓她別再哭吧。

但是，當然得到了適得其反的效果。

喜悅和歉疚等複雜的混合物在瑪格的體內迸發開來。淚水還有鼻涕都更加猛烈地冒出。她哇哇地大哭了起來。

妮戈蘭嘻嘻竊笑著。

葛力克則一臉傷腦筋地聳了聳肩。

†

在收起眼淚和鼻涕後，她便有餘力掌握現狀了。

一股不快的氣味搔弄著鼻腔，那是帶著溼氣的有機土壤氣味。她用習慣昏暗環境的眼睛環顧四周，便發現這裡至少不是那個樓梯間旁邊的大廳。堆到天花板的麻袋、鏟子和竹耙倚放的木牆、隨意丟在地上的殺蟲劑空罐——每樣東西她都沒有在失去意識前看過。

「我們在那棟宅邸外，這裡是庭院邊緣的倉庫。」

不知從哪傳來的聲音，嚇得瑪格忍不住撲進葛力克懷裡。由於尺寸感差太多，導致她沒察覺到牆邊有某個小山般的東西。仔細一看，才發現那是穿著白袍的單眼鬼。這個人，是了，她也有印象。他和妮戈蘭一樣都是歐黛認識的人，記得名字是穆罕……什麼的。

「因為宅邸裡到處都是怪物，所以只好來這裡避難了。」

「怪物……？」

遠方隱約傳來「叮鈴鈴」的聲響。

「沒……沒錯！那個，這裡的叔叔他……呃，出大事了！」

「對，就是如此。妳能告訴我們這裡發生了什麼事嗎？」

「呃……這個……」

即使問瑪格，她自己也沒弄清楚這是怎麼一回事。自從早上醒來後，她便感覺自己一直在惡夢裡面徘徊，什麼是現實，什麼是夢境，她完全區別不出來。

所以，她盡可能用客觀的角度，將自己記得的事情經過說出來。

諷刺的是，那個假**家人**訓練她成為潛行間諜的經驗，在這時候也派上用場了。將所見之物記下並傳達出來，這項隨著鞭笞的痛楚一同刻入身體的技術，至今尚未消失。

「菈琪旭她……」

當瑪格提到這個名字時，葛力克、妮戈蘭及穆罕什麼的都沉下了臉。

「錯不了的。莫烏爾涅已經以侵吞菈琪旭小妹的形式發動了。」

穆罕什麼的喃喃自語似的說道。

「那孩子……已經回不來了嗎？」

「不，既然她的手是空的，就表示或許還有希望。如果能在菈琪旭小妹醒來之前，先找到莫烏爾涅並破壞掉，或者說——」

儘管從那無力的聲音中感覺不到自信，但至少他的眼睛是看著前方的。

「走吧。」

說出這句話的是葛力克，他用手指搔了搔綠色的禿頭。

「所以情報指出那個莫烏爾涅是在這塊宅邸用地的某處，沒錯吧？」

「對，以遭到控制的人的密度來看，極有可能就在距離這裡不遠的地方……我猜。」

「為什麼你說到最後感覺很沒把握啊？」

「我哪有辦法，沒什麼根據的事我也不能說得太武斷嘛。」

他們三人就這樣一邊爭論，一邊往倉庫小屋的門走去。他們微微推開受潮而破爛不堪的門，窺看外頭的情況。

「很好……那麼瑪格，我們走了，妳先乖乖在這裡待一會兒吧。」

「咦？」

瑪格差點愣愣地目送他們三人的背影離去，但因為這句話而猛然回神。

「現在外面密密麻麻都是妳早上見過的那種傢伙，很危險的。雖然這位大塊頭醫生算是有解決對策，但也不保證一定成功。所以呢，妳就暫時先在這裡看看情況，之後再找機會逃出去吧。」

「那個……」

「然後，妳知道護翼軍的司令總部嗎？妳去那裡找娜芙德，那傢伙好一陣子都在掛念著妳呢，至少讓她看看妳——」

「那個！」

她大聲喊道，打斷了葛力克的聲音。

緊接著，她便想起這裡很危險的事，連忙用雙手摀住自己的嘴巴。當然，她知道並不是這樣就能挽回什麼就是了。

「請帶我一起走吧！」

她用耳語般的小小聲音叫道。

4. 三名妖精

城市陷入混亂之中，想徒步移動是很不切實際的想法。

她想起一件事。即使是在天空飛行的種族，在都市地區飛行也是需要取得許可的。尤其是科里拿第爾契市這種本來就不存在有翼種族的都市，這樣的傾向尤為顯著。像是因為從高處窺視而被抓走的烏鴉，還有在被指定為藝術的教堂落下糞便的鷂等等，她聽過幾種這一類的小故事。其中有些故事還被改編得更加滑稽逗趣，並以半創作故事的形式出版實體書。

所以，她有點猶豫。

儘管如此，也只是有點猶豫而已。

「……哎，不管了！」

緹亞忒·席巴·伊格納雷歐催發魔力。這是愈接近死者的人愈能發揮出龐大力量的魔性技術。不需要考慮失控的風險——緹亞忒催發不出會有失控疑慮的激烈魔力。她沒有那種才能。

她用全力創造出幻翼，然後展翼向上直飛。

嚴格來說，幻翼不是翅膀，並非透過振翅拍擊空氣來讓身體浮起來。換言之，那是「可以存在於空中之物」的證明，代表這個世界給予幻翼在空中四處飛行的權利，是身分證明之光。

更高，再更高。比五層樓的公寓、壯麗的教堂、中央大書館都還要高。帶著直衝雲霄的氣勢——但這樣就會飛過頭了，因此她在相當前面的地方便停下來。

她轉過頭，科里拿第爾契市盡收眼底。

（——哇。）

真是漂亮的城市。她心想。

在她年紀更小時，科里拿第爾契這個名字就是夢想的代名詞。這裡是許多創作故事的舞臺，編織出各式各樣的愛與勇氣的另一番天地。就算她現在知道故事歸故事，現實歸現實，但當時的心情並沒有因此褪色。

（不行不行。）

她搖了搖頭，尋找目的地——護翼軍司令總部。

找到了。遠遠看過去，與其說是軍事設施，不如說更像美術館或博物館……不過，她不可能會看錯。

她朝目標地點前進，然後頭朝下地急速降落。雖然有點可怕，但腳朝下降落的話，裙襬會很不妙，所以這也是沒辦法的事。說到裙子，她現在還穿著睡衣。真想趕快換衣服，一直用這副打扮跑來跑去實在太丟臉了。

視野一角。

出現了幻翼的光輝。

（咦？）

在目的地護翼軍司令總部的不遠處。

有某個人跟她一樣展開幻翼，正在進行戰鬥。

†

菈恩托露可思考著關於自己的老師——大賢者史旺．坎德爾的事。

從各種意義上來說，等同於懸浮大陸群創造者的他，在經過五百年以上的歲月後，依舊存在著重大的意義。儘管價值觀各異的人聚集在這個世界，但所有種族都不能忽視大賢者的意志。龐大的權力與影響力集於他一身。

得罪大賢者，就是與整個懸浮大陸群為敵。不管他本人的意志為何，都會被引以為世界的常識。

因此，大賢者不能粗心大意。以他的立場而言，一句失言就有可能引發大混亂。在這個以懸浮島、種族和都市自治為前提的世界，也不能採取獨裁者的作為。

大賢者選擇沉默。

在接近懸浮大陸群中心的位置，有一座神殿建造於五號懸浮島上，他僅帶著挑選過的親信和侍從隱居在內。跟外界的聯絡也只有極少部分的人……而且還是在對所有懸浮島秉持中立的組織——護翼軍中，透過更小一部分的尉官來取得聯絡。

比任何人都強，比任何人都為這個世界鞠躬盡瘁的男人，由於其力量與奉獻，被從這個世界給切割出去了。

——他一直為至天思想的存在感到煩心。

那是認為現在這個世界是充滿汙穢的錯誤，提倡以死亡來救濟的觀點。

他說過，雖然那東西借思想之名存在，但本質就是飄蕩於懸浮大陸群的不安，是一種氛圍。因此，它會以疫病般的速度擴散開來，在人們渾然不覺的情況下潛伏於人心深處，然後在最糟糕的時間點迸發。而想當然的，要根治這一點是近乎不可能的事。

就連身為繁榮象徵的科里拿第爾契市，也或許正因繁榮的緣故，到處都出現了宣揚至天思想的民眾。一想到原本優美的街景無處不貼著「捨棄汙穢，登至天穹」的海報，菈恩托露可便悲憤交集，並在同時感到一股難以言喻的巨大孤寂感。

「喂，菈恩！」

一道既熟悉又令人懷念的聲音，將菈恩托露可拉回現實。

她抬起頭，看到的當然是娜芙德．凱俄．狄斯佩拉提歐……不對，那是在五年之間，手腳（還有頭髮）都拉得老長的娜芙德．卡羅．奧拉席翁。

「如果是吃飯時就算了，在打架途中想事情也太扯了吧！雖然我知道現在問題堆得跟山一樣高，要煩惱的事情沒辦法從腦袋裡趕出去啦！」

抬頭一看——有個令人不舒服的立體造型物就在眼前。那看起來像是由好幾顆活生生的獸人頭顱排列成人形的怪物。牠正在大肆揮動長滿頭顱的手臂，攻擊周遭的人群。

催發魔力並展開幻翼的娜芙德滑行過去，用盡全力朝側腹（類似的位置）一腳踢下去。異形與地面呈平行地騰空飛起，重重地撞在附近的牆壁上。

「呿……這到底是什麼鬼東西？」

娜芙德一邊甩腳，並偏起頭。

菈恩托露可也明白那觸感很奇怪，而且重量跟看上去的不一樣。感覺上，那不是一個長出二十顆頭顱的獸人，而是把二十個獸人塞在一個人的外形裡。生命力和臂力也是同樣的情況。

「這不是〈十七獸〉對吧？」

菈恩托露可一邊問著，一邊接連不斷地刻印咒蹟（Thaumaturgy）。只見無數的妖精形成後，飛了過去，然後炸裂。

「畢竟還是殺得死啦！只是非常頑強罷了！」

娜芙德在回答時，又揍飛了一隻。這些對手就算身體崩壞，也會不顧一切地襲擊過來，如果一直用赤手空拳來對付實在很沒效率。儘管剛剛才得出那不是〈獸〉的結論，但這是令人想動用遺跡兵器的情況。不過，菈恩托露可的希斯特里亞和娜芙德的奧拉席翁都不在這裡。

雖然多少花了一點時間，但相當順利地將這裡的敵人殲滅殆盡了。

她們也完全沒有受傷，這種敵人很好對付……然而，這只是對她們兩人來說是如此而已。

環視四周，可以看到幾名死傷者倒在地上。每個人都是在她們趕到前就被異形所傷。也許是因為居住區就在附近，看起來全都是有翼的種族。

「……好奇怪。」

「嗯？」

「我是說這些傢伙的目的。妳不覺得牠們有特別針對的對象嗎？」

這些傢伙打從一開始，就淨挑有翼諸族攻擊。

結果在她們黃金妖精出現後，牠們完全捨棄對有翼諸族的興趣，只朝她們攻擊。

「大概是因為，對那群傢伙來說，放著能戰鬥的我們不管比較危險吧？」

「這個……是有道理。」

是有道理，但感覺不太對勁。這群傢伙真的可以用一般常識的標準來衡量嗎？

「牠們不是〈獸〉那種一切道理都行不通的對手，會這樣也是有可能的吧？」

經娜芙德這麼一說，她便也覺得或許真是如此——

「——學——」

好像聽到了什麼聲音。

「學——姊——哇呀？」

突然刮起一陣強風。

菈恩托露可忍不住閉上眼睛，再睜開時，便看到眼前不知為何有一名嫩草色頭髮的妖精微微蜷著身體坐在地上。更匪夷所思的是，她還穿著睡衣。

「……咦？」

「啊？」

在僵住的菈恩托露可兩人面前，那名妖精飛快地甩了甩頭。

「果然是娜芙德學姊！」

她表情歡快地撲抱住娜芙德的脖子。

「……唔，咦，菈恩學姊也在？為什麼？從哪裡冒出來的？」

妳又是從哪裡掉下來的？

這副打扮是怎麼一回事？對娜芙德和對我是不是有差別待遇？

菈恩托露可將這些差點脫口而出的問題吞了回去，然後用指尖按住太陽穴。緹亞忒是以現役的身分站在第一線的成體妖精兵，還以為她在背負起這份尊嚴後，會稍微更有大人的模樣。

不過，這孩子或許這樣也好。菈恩托露可抱著像是放棄又像是認可的奇妙心境，接受了這樣的結論。雖然一方面也是因為現在不是計較瑣碎小事的時候，不過，能看到她還是一樣充滿朝氣才是最重要的。

「看到妳很有精神的樣子真是太好了，緹亞忒。」

沒錯，她還是回以一句溫柔的問候。

只不過，聲音還是免不了顯得既沉重又苦澀。

†

十一號懸浮島，護翼軍司令總部。

臉上滿是濃濃疲憊之色的士兵正忙碌地東奔西跑。異形持續在城中各處出現並襲擊人民，而市內兵力不足以應對這樣的情況。據說一等武官卡格朗判斷這不算政治干涉，所以將這裡的護翼軍正規兵力全部派出去解決問題。

某方面來看，對屬於非正規兵力的三名妖精而言，這樣正好。

「葛力克先生外出中……嗎？」

換上簡式軍服的緹亞忒錯愕地說道。

「真傷腦筋啊……我們是有事拜託他才來到這裡的。」

「聽說從昨天開始就沒人看到他了。真是的，要監視我們的人可以這樣不負責任地跑出去嗎？妳說是不是？」

「妳還敢說啊？」

面對菈恩托露可的冰冷眼神，娜芙德用毫不在乎的表情忽略過去。

「哎呀，我的話呢，姑且到昨天為止都有稍微聯絡一下喔。」

「稍微嗎？」

「嗯，稍微。不過呢，只有這次除外啦。因為我想說差不多該碰個面交換消息，也想帶菈恩給他看看，讓他各方面都能感到放心。」

「謝謝妳為我著想。但是，上次提到的事還不能洩漏出去。」

「了解了解。不過，我覺得至少可以告訴那傢伙啦。」

「這個嘛……嗯……」

左看右看。隨著她們一來一往的對話，緹亞忒的眼睛也跟著左右移動。

「妳們在說什麼？」

「唔，關於世界的終結吧。」

「是的，詳細情形還不能透露就是了。」

「哦……所以是不能問的類型嗎？」

「也可以這麼說啦，不過，現在還是先把注意力放在眼前的麻煩上吧。」

娜芙德用牙齒咬破攜帶糧食的包裝，然後發了一句牢騷。

菈恩托露可也咬了一口手上相同的東西。這是她以前待在地表時吃慣的味道。然而，她並不覺得這有多令人懷念。

思考所謂的終結——她過去沒有這樣的習慣。

或許聽起來很奇怪，不過，她身為一個沒有生命的妖精，可能明天就不復存在，卻對自己的末路沒有太大的興趣，搞不好根本就沒意識到這一點。而且，菈恩托露可相信不是只有自己，而是大多數的妖精都抱著類似的想法。

硬要解釋的話，就是對她們而言，終結並不是未來的故事。不管是誰，只要是活在當下的人，死亡就是未來會發生的事。誰也無法預測未來，所以任何人都會對未來抱有夢想或恐懼；換句話說，對於沒有活在當下的人而言，終結並不是遙遠的某一天的故事，而是一直伴隨在身旁，理所當然到沒有必要重新審視的鄰居。

（——雖然這也許只是在玩文字遊戲而已。）

她以前沒有思考終結的習慣。而這也意味著，如今的她不一樣了。現在的菈恩托露可經常思考自己、家人和世界的終結。

這不是僅限於妖精的事。再怎麼接近永恆的存在，都會有終結的一天，而這未必是屬於遙遠未來的事——現在的她是知道這一點的。

曾經邁入終結的世界，再次迎來黃昏的光景。

並且，注視著末日。

「嘿喲！」

緹亞忒發出無意義的吆喝聲，重新揹好行李。

那是被布條一層層裹得嚴實的一把大劍。

遺跡兵器伊格納雷歐，過去在地表由人族鍛造的聖劍之一。這是緹亞忒去換衣服的同時，從司令總部的保管庫裡借出來的。

「妳取得許可了嗎？」

「當然不可能呀，葛力克先生現在又不在。」

「明明沒有〈獸〉出現，卻還擅自取出遺跡兵器啊。要是被發現問題可就大了啊。」

娜芙德用一點也不覺得是大問題的口氣說道，同時也重新揹起了劍。

遺跡兵器奧拉席翁，相較於娜芙德從前在地表遺失的狄斯佩拉提歐，這把劍小了一圈以上。雖然聽說含有極小規模的成就願望型(Realizer)能力，但沒有留下發動過且經過觀測的紀錄，這在遺跡兵器是很常見的事。蘊藏怎樣的能力都無所謂，只要揮動起來能打倒〈獸〉就足夠了。

「之後再讓葛力克先生寫一大堆檢討書吧。」

「哦，說得沒錯，全部都是那傢伙不好。」

緹亞忒咿嘻嘻地笑了，娜芙德則咯咯笑著回應。

只有菈恩托露可手上沒有劍。這也沒有辦法，畢竟菈恩托露可現在的身分不是妖精兵，非妖精兵者不能持有遺跡兵器。希斯特里亞目前應該躺在妖精倉庫的角落積灰塵。

「——那麼，緹亞忒。」

菈恩托露可喊了少女的名字，便見她轉過頭來。

「剛才說到妳可以說明這座城市的現狀吧，能請妳告訴我們嗎？」

「嗯啊。」

緹亞忒發出奇怪的聲音，露出有點傷腦筋的表情。

「關於這一點，好像需要請妳們等一下，或者應該說，好像要等各式各樣的準備完成後才能講，大概是這樣的感覺吧。」

「等？」

菈恩托露可皺眉。

「這是什麼意思？現在正是事態愈演愈烈的時候。我們可沒有能夠白白浪費的時間喔。」

「是的，所以才要等。現在我們家那秉性惡劣的前武官，正在進行非常惡毒的陰謀詭計。」

秉性惡劣？非常惡毒？菈恩托露可不知道緹亞忒在說誰。

娜芙德「啊」了一聲，好像明白了什麼。她有聽懂緹亞忒的意思嗎？

「那個人雖然不能相信，但感覺偶爾依靠他也沒關係這樣。不過，還是不可以相信他啦。」

菈恩托露可愈來愈聽不懂緹亞忒在說什麼了。

娜芙德則「哦」了一聲，露出看似五味雜陳的表情。憑剛才那番說明就懂了？菈恩托露可更加一頭霧水了。

也許她的困惑直接表現在臉上，緹亞忒窺探她的表情後，「唔嗯」地擺出稍作思索的動作——

「反正呢，見一面就知道了。」

緹亞忒像是放棄了什麼似的這麼說道。

5. 同盟會議

閃閃發光。

牆上掛了許多畫，但不是畫本身在發光，而是鑲在畫框上的大量寶石。此外，細緻打磨的黑石桌和椅子，其側面也實實在在地嵌入了七彩寶石，還有精細入微地裝飾著珠寶飾品的水晶燈。簡單來說，這間屋子裡的所有物品都在大肆發光。

這是橘榴石廣域商會旗下高級餐廳的一間包廂。

隔音與保密防諜的措施也相當完善，就是所謂的「為了各方上流人士的陰謀詭計而建造」的空間。

這種幾乎要刺痛雙眼的奢華裝潢，是源自於豚頭族(Ork)的特有習性。他們的壽命很有限，對於一切財產並不會抱持「哪一天可能會用到」的想法。他們會讓手上的所有財產在任何一瞬間都閃耀發光。有時候是一種比喻，有時候是物理上的意思。

不過想當然的，這是只在豚頭族內部共同擁有的美學。居住在懸浮大陸群的諸多種族都有培養出一套獨特的美學與審美意識。

「實在不覺得這個包廂的品味有多好啊。」

被招待進這個包廂的一名「客人」——體格健壯的黑山羊頭獸人——毫不掩飾他的不滿，直接哼了一聲這麼說道。坦白講，費奧多爾也有同感，但身為將他們約過來這裡的當事人，他不能老實地表示贊同，便裝作沒聽到。

這個黑山羊頭身上所穿的，是費奧多爾很熟悉的護翼軍黑制服。他背後則站著兩名穿著類似軍服的副官。

「——再次感謝各位答應如此突然的邀請。」

費奧多爾恭敬地鞠了一躬。

聚集在包廂裡的所有人都將視線集中在他身上。

其中含有不耐、敵意、輕蔑、警戒以及這些心情的混合物。而且，這些人全都是神色凶狠的猛將，感覺單憑視線就能使人心臟停止。費奧多爾的內心流下了怒濤般的冷汗。

他用快要顫抖起來的手指推了推眼鏡。挺起胸膛，假裝平常心。沒問題的，這種演技是他的拿手好戲。他無數次如此告訴自己。

「你就是費奧多爾·傑斯曼……嗎？」

一道上了年紀的女性嗓音響起。只見一個長著鷲頭的有翼族僵起了臉頰。

她穿著的是白底鑲金，作工非常時髦的軍服，當然，她並不是護翼軍的人，站在背後的三名隨從也一樣。

「想說回應胡鬧的邀請函來看看，結果竟得在這裡面對著這些胡鬧的徽章。反正這就是一時興起的代價，我當然早就做好心理準備了，所以我並沒有怪罪你的意思。」

這名鷲頭老嫗是貴翼帝國的軍人。雖然軍隊的體制本身無法簡單地做比較，但應該是不亞於一等武官的地位。

「那麼，你接下來要展現什麼樣的惡作劇呢？」

不能被這番挑釁的言論給壓制住，不能讓出現場的主導權。費奧多爾唸經似的在心中反覆說著，然後繃緊了神經。

分布在這座科里拿第爾契市裡的護翼軍和貴翼帝國軍隊，這兩個相互敵對的暴力組織的首領，此刻被招待進了同一桌。

這件事竟然真的成功了，他自己都不敢相信，就算說是小小的奇蹟也不為過。他真想大力稱讚自己一番——不過，這當然要更後面才能實現。

在這些人面前，他還必須完成幾次近乎奇蹟般的走鋼索才行。

但真要說的話，這也是他習以為常的事。從往昔至今，恐怕也包括今後，他要做的都是與格局不相襯的大事。

「是的，拐彎抹角的寒暄就免了。自我介紹的話——有這個需要嗎？」

他推了推眼鏡。

「你叫作費奧多爾．傑斯曼，出身艾爾畢斯，是蓋烏斯．岡達卡的小舅子，歐黛．岡達卡的親弟弟。直到前陣子為止還隸屬於護翼軍第五師團，一路晉昇到四等武官的地位。雖然從軍時一直是個誠實勤勉的人，但現在是叛徒兼危險人物。目前正在參與穆罕默達利．布隆頓醫師的追逐劇……聽說前些天還因為有事而跑進我們的醃漬桶是吧？」

卡格朗淡淡地說道。費奧多爾感到有一股涼意爬上背脊。

他並不是覺得被摸清底細很可怕。護翼軍的諜報班不是無能之輩，握有這種程度的資訊是很理所當然的事。他感到可怕的是別的東西。

（這是——敵意嗎？）

此人，卡格朗一等武官相當忙碌。他眼下的麻煩——具體來說就是坐在對面的貴翼帝國的諸位——應該讓他每一天都過得很頭痛。從他的角度來看，費奧多爾．傑斯曼根本是不需要放在眼裡的小人物。

而卡格朗現在正帶著明顯的敵意，瞪著費奧多爾。

奇怪的是，如同他剛才所說，費奧多爾一直以來都表現出勤勉軍人的模樣。在那段期間，他始終品行良好，從未樹立明確的敵人。即使離開軍隊後，他也幾乎沒有跟相互對立的對象見過面，要說例外的話，也只有緹亞忒而已。

因此，他很少站在與強烈的敵意正面相對的立場。

（——超可怕的……但是，並不會讓人不愉快。）

卡格朗是戰士，而戰士只會向夠格做對手的人展現敵意。也就是說，這其中必然包含著一種敬意。

「所以是那隻母狐狸的親戚啊。」

老嫗接話說道。費奧多爾很想對全世界的狐徵族道歉，竟然被拿來跟他的姊姊相提並論，實在是天大的侮辱。

「既然你背著這個身分，我對初次見面的你就不會抱有任何一絲信賴。無論你等一下要說什麼事，都別忘了這一點。」

「哦……我會謹記在心。」

儘管她這番話很傷人，但他並沒有要抱怨這一點的意思。倒不如說，他甚至還對於帝國軍也深受姊姊所害而感到抱歉。

「那麼，我便進入正題吧。簡單來說，我希望兩位各自的陣營能夠結為同盟。」

卡格朗一等武官忍俊不禁似的低聲笑了出來。

帝國老將看似不悅地皺起眉頭。

很好。費奧多爾心中大聲稱快。他們兩人想弄清楚這個「完全不受信賴的墮鬼族」突然在說些什麼，現在都很仔細在傾聽。

「當然，這是對所有人都有利的事。沒錯——貴翼帝國會得到獲取妖精調整技術的機會，而護翼軍則是得到解決妖精調整技術流出風險的辦法。」

「——真叫人佩服啊。不愧是墮鬼族，真會講一些中聽的話。」

「不敢當。」

「不過，空有糖衣的謊言是魅惑不了任何人的。」

「我這番話當然有憑有據。您聽過莫烏爾涅吧？」

卡格朗的臉色變了。這是費奧多爾的感覺，因為那身黑色毛皮，他無法確認。

老嫗則沒有反應。這是費奧多爾的感覺，因為她始終面無表情，他看不出來。

「這個名字對護翼軍來說是燙手山芋。我說得沒錯吧，一等武官？」

一陣沉默。

「而且，這也直接關係到要如何處理黃金妖精的調整技術。簡單來說，只要解決了莫烏爾涅的問題，護翼軍就不會那麼堅持要獨占黃金妖精了——畢竟之前甚至還打算賣給艾爾畢斯嘛。」

帝國老嫗的眉毛稍稍揚起。

「……那不是軍方上下共同的意見。」

卡格朗一臉不悅地沉聲拋出這句話。

費奧多爾想也是。規模龐大的組織不可能總是在一致的意志下行動。有時候會在組織內政治動搖的情況下，做出旁人眼中匪夷所思的舉動；有時候幾名高層的慾望和衝動，會被視為整體組織的失控。費奧多爾沒有天真到連這部分的內情都不懂。

然而，他沒有道理要一一考慮到這其中的內情。

「還有一件事，或者這可能才是正題也說不定——今早出現無辜市民變成怪物開始肆虐的現象。我想兩位已經根據手邊的消息做出判斷了，那是莫烏爾涅之力的一部分。」

一陣沉默。

「以現狀而言，護翼軍原本派去追捕妮戈蘭女士的兵力都調去鎮壓怪物了。而帝國的諸位雖然想趁這場混亂有所動作，但因為內部也有人變身，導致無法展開行動，我說得沒錯吧？」

卡格朗的嘴唇抽搐，露出了獠牙。

「如果兩位僅憑手邊的資源就能解決問題，我就收回這個提議吧。但是，兩位都是聰明人，應該能夠正確判斷出此刻需要什麼東西，才能讓我們各自往前邁進。而且，那樣東西並不是當前的敵對狀態，對吧？」

「——我就退個七步，當你這番胡謅含有幾分真實，並且假定你手中已握有具體的計策好了。不過——」

卡格朗一等武官伸出蹄狀的手指，輕輕地指向了費奧多爾。

在他背後待命的副官採取行動，他們從巨岩般的腰間抽出大型長刀，刀鋒直直地對準費奧多爾。

「——我們確實會選擇最完美的手段。以這個場合而言，就是抓住你，用力量把你的計策搶過來，我有說錯嗎？」

老嫗文風不動，只以打量的眼神盯著費奧多爾。

而當事人費奧多爾則處變不驚地在不偏移視線的情況下，看向牆上的鏡子。

「黑瑪瑙。」

他一邊小聲喚著，一邊伸出右手掌心對著眼前的桌子。

「這是約定好的第一次。讓我使用力量吧。」

『哦……保險起見我再問一次，你是認真的嗎？』

鏡子那端，同樣舉起手的黑髮青年彎起了眉毛。

『這是讓萬物回想起過去樣貌的力量，想必會成為把這個創造出來的世界（懸浮大陸群）破壞殆盡的無敵破壞力。在這種甚至不是戰場的地方，你就要把這樣的力量用掉嗎？』

「這裡就是我的戰場，現在正是最佳使用時機，不是嗎？」

『……是這樣喔？』

青年不再多說什麼，只是一臉無言地用那雙金色眼瞳重新看向桌子。不一會兒，那張桌子，以及擺在上面的紅茶杯、花瓶和花，還有下面的地板到另一側的牆壁，全都變成了灰色的沙子。

這些東西只在一瞬間保有各自原形，之後便崩然瓦解，只剩下隆起的灰色小山。

「這……」

連卡格朗都包含在內，副官和帝國的人們都大驚失色。

（這……）

費奧多爾也啞然失聲。就算這是他自己要求的，但這種威力——沒有伴隨爆風和爆裂聲，別說破壞了，只是當場直接彰顯出「化為烏有」的力量，看上去的衝擊性實在非同小可。

不過，他並未表現在臉上。這要歸功於他為了以防萬一而委託豚頭族新做的眼鏡。長年佩戴眼鏡讓他的身體養成了習慣，只要戴著眼鏡就不會中斷演技，而現在就起到了徹底藏住內心動搖的效果。

「——這是……」

除此之外，還有一點。有種不可捉摸的失落感在他的心中擴散開來。

這就是那個嗎？昨晚黑瑪瑙提過的，肉眼看不到的傷之類的。恐怕是某些記憶或情感在如今的費奧多爾內心失去作用了。這是在發揮遠遠超出能力範圍的力量後，所產生的反作用力。

哦，什麼嘛。

他意識到兩件不如預期的事。

其一，是他想像中那個必須支付的代價，實在太輕了。現在的他，恐怕已經失去對於普通人活下去而言相當重要的事物，這應該屬於再也無法挽回的重大喪失。但是他依然活著，而且還保有足以思考各種事的思考能力，身體看來也行動無礙。光是不影響當前的活動，就算是很輕的傷害了。

至於其二則是……

「這是怎麼回事？」

他思緒中斷。

卡格朗一等武官彎下腰，用戴著手套的指尖抹了一下灰色的沙子。

「這是……早已討伐的〈嘆月的最初之獸〉的生態樣貌。」

「是啊。」費奧多爾露出故作輕浮的笑容。「我不是〈獸〉，只不過是一個交友有點廣泛的脆弱無徵種……區區墮鬼族罷了。」

鷲頭老嫗的臉頰僵住了。她大概是以身邊的墮鬼族為範本，想起他的姊姊……歐黛．岡達卡的臉龐。

「我沒有要毀滅世界的意思，也不具備那種程度的力量。所以，兩位儘管放心跟我合作吧。」

一陣沉默。

「——你的要求是什麼？」

卡格朗坐回椅子，低吟似的問道。

「打著同盟之名，想向我們要求什麼東西？」

「這個嘛，雖然有幾個候補選項，但首先我想藉交換情報順便要求一件事。」

費奧多爾豎起一根手指。

「滅殺奉史騎士團。」

「唔？」

「您是知道的吧，聽說不久前才在這座城市裡橫行肆虐，是獸人至上主義者的集團。我想要護翼軍掌握到的這群傢伙的名單。」

「為何？」

「莫烏爾涅是能夠跟同伴結合力量的劍，也能將結合的力量分享給所有人。目前在城中作亂的那些傢伙是跟同伴結合力量之後，再共享這股力量……若是如此，問題就在於他們所謂的『同伴』是什麼了。」

費奧多爾聳了聳肩。

「針對這部分進行推測後，我接觸他們自身的精神，然後得到了證實。他們大半都是滅殺奉史騎士團以及其擁護者。之所以變成怪物的以獸人為多數，而特徵不明顯的多是被攻擊的對象，恐怕就是因為這樣。」

鷲頭老嫗瀏覽一遍手上的文件，說了句「這話倒是挺有意思」並微微頷首。

「所以說，曾經參與過那個騎士團的某人，就是持劍的主人嗎？」

「不。」費奧多爾搖了搖頭。「如果事情只有這樣，那就好解決了。然而，事態還要再複雜一點。那把劍是只有極少數被選上的人才能使用的兵器。而且，現在有資格成為使用者的只有一人。那是個不管怎麼想都跟滅殺奉史騎士團的思想合不來的……善良的孩子。」

善良。在這種場合下說出這兩個字實在很不對勁。但他認為這兩個字是這時候最恰當的表現。

「背後應該還藏著什麼隱情，我想將其揭開，並且解決掉。因為，對於在那之後的世界，我能做的也就僅此而已了。」

所以——費奧多爾歇了口氣，再道：

「還請務必助我一臂之力。」

他鞠了一躬。

†

一來到走廊，一名副官就湊到卡格朗耳邊說道：

「那個男的很危險，要做掉他嗎？」

他們不知道費奧多爾・傑斯曼剛才所展現的技藝有嚴格的次數限制。不過，既然是能夠主動對眼前的敵人發動的能力，應對之策也是多不勝數。

只要有護翼軍的組織能力，不管對手擁有多可怕的力量，殺掉並不是什麼難事。

「算了。」

卡格朗心平氣和地答道。

「為什麼？那傢伙根本搞錯了身邊的問題和大義，不過是個無名小輩罷了。」

「是啊，那器量不足以成為英雄或將才——」

「那麼，為什麼呢？」

「──正因如此才可怕，你不覺得嗎？」

副官打了個哆嗦。

「他是凡人，只是有勇氣、智慧和行動力的一介市民。既非英雄，也非勇者，更沒有受到什麼命運之類的東西指引。舞臺上不會為這種角色留一席之地。」

「既是如此……」

「所以，他為自己準備角色，攀上了舞臺。他恐怕連當革命家或壞蛋的那塊料都不是。但是，他認為只要背上這個惡名就能待在舞臺上，所以自己戴上了這塊面具。憑著這股意志贏下當場的勝利。」

卡格朗重重地嘆了口氣。

「──比起有點器量的英雄和將才，他要難對付得多啊。」

6. 揮劍者之名

城市的各處確實都出現了異形的騷亂。

然而，並不是整座城市的任何地方都有發生。也就是說，還是有地方現在仍未察覺到騷亂，保有一片安寧。

「好……」

『好？』

「好可怕……」

在距離護翼軍司令總部稍遠的不起眼公園裡，一處角落的長椅上。

費奧多爾筋疲力盡，幾乎呈癱倒的姿勢坐在上面。

『不是啊，你剛才玩得那麼大，現在才說這些不嫌太晚喔？』

黑瑪瑙用發牢騷的口吻指出他的問題，也確實言之有理。不過，費奧多爾當然有自己的理由，雖然可能只是藉口罷了。

「我又有什麼辦法……不玩大一點的話，他們根本懶得理我啊。我是覺得無論如何都有這個必要才做的，畢竟我本來就是個膽小怕事的人啊。」

『哈哈。』

小鏡子的那端傳出哼笑聲。

「笑什麼啦，我可沒有說謊喔。」

『不是，我並沒有懷疑你。嗯，膽小怕事，好個膽小怕事。這樣不是很好嗎？』

這傢伙絕對沒有相信。

雖然這傢伙各方面的態度都很令人火大，但他也差不多漸漸習慣了。那種話中有話的說話方式，只要別去在意的話，也就僅此而已了。

儘管別去在意就沒事——但費奧多爾的人格也沒有健全到能夠輕易控制住情感。他盤腿而坐，將手肘放在腿上，低垂著頭。

『你確定那樣真的好嗎？』

「你指什麼？」

『我的力量的用法。如果是為了示威，有的是方法吧。』

「——不。」

費奧多爾抬起頭。由於他抬得太高，接近正午的陽光直接射進眼睛深處。他感到眼底隱隱作痛，便眯起了眼睛。這具徹夜未眠的身體難以承受這明媚的日光。

「就算以武器要脅，只要被奪走武器就完了；靠門路要脅的話，只要抓住我便不足為懼。所以如果我要在那個場合取得發言權，就只能讓他們對我有所警戒了。」

當然，實際上那種破壞力並不是費奧多爾本身的力量。考慮到是借來的力量，跟武器和門路也差不了多少。儘管如此，只要別暴露出來……或是被搶走，這種情況就完全沒有問題。

「我是知道一些應該可以矇騙過去的戲法啦。但要在不被識破的情況下徹底唬過那兩個人，我實在不想挑戰這種賭注啊。」

『真不知道你是好強還是懦弱。』

「都無所謂啦，我只是做出當時最有效率的選擇罷了。」

黑瑪瑙說了聲「原來如此」，然後做出沉思的動作。

雖然費奧多爾並不是對這段對話感到疲憊了——倒不如說，或許是交談的時間超過一整晚的緣故，他甚至還對黑瑪瑙產生了親切感——但他還是關起小鏡子，結束了對話。

（不過……這也為時已晚了吧。）

說起疲憊的原因，除了與那個自稱〈獸〉的傢伙對話以外，多的是其他因素。由於他覺得只要身體在事情結束前都還能動就好，便憑意志力將疲勞和傷勢擱置不理，一路衝刺到現在。若是繃緊神經時倒還好，一旦稍有鬆懈，他的意識立刻就會模糊了起來。

叮鈴鈴鈴。不知從哪裡傳來微弱的金屬聲響。才剛結束對話，又開始在意起那種細小的噪音，真教人煩悶。

說起來——他還是第一次察覺到這件事——腦袋比他所想的還要清晰舒暢。具體來說，那個他用墮鬼族的瞳力接納進來的部分異形精神，不知何時消失不見了。

恐怕是已經死了吧。

姊姊之前說的應該就是這個意思。精神混淆並不會永遠持續下去。如果對方死亡，精神本身消滅的話，就會強制解除。雖然墮鬼族的瞳力要背負削減自身心靈的風險，但只要在每次使用時都把對方給殺掉，便不至於造成致命性的傷害。

（——這可是很邪門的能力啊，真是的。）

伴隨彷彿是在看著失去主人的空巢似的感覺，他觀察體內生出的一股空虛。雖說是接納了別人的心靈，但不是連記憶都一同分享過來，他並沒有綁住曾經在這裡的**人們**的所有想法。不過，還是有留下一些東西。

像是**他們**共同擁有的，奉為第一行動準則的衝動。

又或是，彷彿被視為那種衝動的旗幟而奉行的一個專有名詞。

費奧多爾的體內尚留有類似紀錄的記憶，告訴他這裡曾存在過這樣的事——

「Vincula……嗎……」

他懵懵懂懂地朝天空唸出這個字眼。

這只是一個他從未聽過的名字。然而，所謂的名字往往都不是單純的字音堆砌，而是具備著更多意義……極為深遠的意義。

有人在長椅的空位坐下了。

費奧多爾沒有轉頭，只將視線從眼鏡旁邊移過去確認。那是披著厚大衣的鳩翼族(Tourterelle)男性。那名男性從懷裡的紙袋取出甜甜圈，用小小的鳥喙靈巧地啄食起來。沾滿表面的砂糖看起來非常美味。

說起來，他肚子餓了。

他想起一件事。現在距離自己和緹亞忒還有菈琪旭那兩人一起圍著大量餐點時，才過了半天而已。然而，他感覺那已經是很遙遠的過去了。

雖然身體在抗議著想吃點東西，但他現在不能這麼做。讓血液流到胃部，在不知何時會睡著的狀態下展開作戰行動，這種事他可笑不出來。還是忍耐到一切都結束吧。沒錯，等一切都結束。

隔壁的鳩翼族站起身。

就這樣走出了公園。

費奧多爾隔壁還擺著原本裝有甜甜圈的紙袋。

「……好傳統的方法啊。」

他瞇起眼睛，感到無言似的喃喃說道，然後將紙袋拉過來確認內容物。

裡面當然裝著綜合甜甜圈……才怪，那是用油紙包起來的一捆紙。雖然他並不是抱有什麼期待，但不聽話的肚子還是悲傷地叫了起來。他用手掌按住肚子，不讓它叫。

這是來自帝國諜報部的各種調查報告書。

也許是配合內容重要程度，內容經過三重加密，但應該是戰時連絡用的格式，只要花少許時間便可解讀，並不複雜。這種程度對費奧多爾而言，幾乎跟一般未加密的文章差不多。他很快地翻閱一遍。儘管到處都有塗黑或剪下的部分，更嚴重一點甚至整頁都拿掉了，但既然是要將機密文件外流，這也是理所當然的措施，他沒有要責怪的意思。而且，就隱藏起來的情報位置和頻率來看，也能領會出相當多的情報，因此不是什麼大問題。

——原來如此。

他明白了很多事。引起議論的莫烏爾涅現在確實就在這座科里拿第爾契市裡。在運送的過程中，它跟其他形形色色的危險物品一起被不懂其真正價值的劫匪搶走了。雖然護翼軍還無法鎖定劫匪的真面具，但根據帝國那邊握有的消息來看，這座城市的古老貴族一派似乎相當可疑。

而且，看來帝國對於莫烏爾涅本身也沒有掌握到更加詳細的資訊。

既然如此，雖然情況已經落入最惡劣的谷底了，但唯獨他的立足位置似乎並不差。現在還留有讓費奧多爾·傑斯曼達成目的的路徑。

然後。

「——所以是這樣嗎？」

他曾經有很多疑問，有很多該知道的事。其中幾個已經得到了答案，而剩下的幾乎所有的問題，他現在確實掌握住了。

他感到作嘔。

他有點不想知道，但如果就這樣不知情的話，他大概也無法原諒自己。相比自己至今為止不斷累積起來的任何一條罪，那份無知的罪孽遠要來得更加深重。

用積極的態度來思考吧。

知道答案後，從現在開始就能往前踏出一步。不論是對是錯，是善是惡，都與此無關，也不重要。他這次一定可以朝著自己能夠接受的方向，實實在在地展開行動。

「啊，找到了找到了，喂～！」

緹亞忒揮著手，聲音愈來愈靠近。

他從文件中抬起頭，看到她的身影。他發現她穿著軍裝時，才想到她有換過衣服。

這麼說來，他不久前還拉著這個當時穿睡衣的女孩子到處跑。現在重新一想，這真是極度荒唐的行為。在重新細思之前，他對此並不抱有旖旎的想法，而他也覺得這樣的自己似乎有點問題。雖然事到如今一切都為時已晚就是了。

——就在此時。

「喲，一陣子沒見了啊。」

他在緹亞忒的斜後方發現一張認識的面孔。

他自然而然地發出「唔呃」這聲類似驚叫的聲音，身體不禁往後一縮。

「哈哈！不要嚇成這樣嘛，會讓我很受傷耶。」

一邊爽朗地笑著，那張面孔的主人……娜芙德・卡羅・奧拉席翁走了過來，手臂攬住費奧多爾的肩膀，還順便用另一隻手抓了抓他的頭髮。她本人或許覺得自己是在溫柔地摸他的頭也說不定。

這是他幾天前遇到的對手。他們當時交戰——或者說是他單方面被虐——而且也聊過幾句話。

除此之外，黑瑪瑙講述的威廉・克梅修的過去之中，也有出現她的名字。

「所以呢？」她語氣下沉。「你這傢伙之前牙尖嘴利地講了那麼多，結果聽說三兩下就被菈琪旭拋棄了啊？」

「事情才不是這樣呢！緹亞忒，妳是怎麼跟她說的？」

「啊……呃……」

「妳不要轉移視線啊！」

娜芙德「啊哈哈」地笑得很開心——才剛這麼想，她就突然板起臉，抓住費奧多爾的手腕。

她就這樣面露凝重的表情，不發一語。

「你……」

「呃……請問，怎麼了？」

她的力道很強，費奧多爾的手腕被抓得很痛，但他只能不知所措地看著她。

「……不，沒什麼。」

她突然甩開似的放開了他的手。

他感到莫名其妙，心中的困惑無法消除。

這時——

「娜芙德，我們可沒時間瞎胡鬧喔。」

伴隨著清嗓子的聲音，另一道嗓音插了進來。

「……妳是……」

沒錯，緹亞忒還有另一個同行者。

對方的年齡應該跟娜芙德差不多，可能是二十或將近二十……這是他的感覺，但那沉靜的氣質與泰然自若的表情讓他看不太出來。她有一頭明亮的藍色頭髮以及同色的眼眸，是無徵種，大概和緹亞忒和娜芙德一樣是黃金妖精——

「你就是費奧多爾．傑斯曼嗎？」

「啊，是的。」

他在多少受到氣勢壓制的情況下答道。

費奧多爾很不擅於應對年長的女性，無徵種就更是如此了。雖然他覺得大部分是姊姊造成的，但就算他這麼想也克服不了這個問題。

「請問妳是？」

「菈恩托露可・伊茲莉・希斯特里亞。嗯……雖然脫離軍隊了，不過我也是黃金妖精。」

他知道這個名字，她和娜芙德同樣是認識威廉・克梅修的其中一名少女。除此之外，他也從緹亞忒口中聽過這個名字。她是資深的黃金妖精，為蘋果和棉花糖（莉艾兒）取名字的人。

複雜的情感在費奧多爾的內心來回浮現。

才剛打完招呼，菈恩托露可就從懷裡拿出一個布包。

「回答我。把這東西帶進來的，是你嗎？」

「那是什麼？」

「一個小盒子。怕萬一遭到破壞而包裝起來了，而且也不能在這裡打開讓你看。」

「……不是啊，在看不到內容物的情況下，要我回答妳也太強人所難了。」

「這是艾爾畢斯的小瓶。」

這一瞬間。

費奧多爾來不及抑制住情緒，他全身用力地打了個哆嗦。

連緹亞忒的眼睛也睜得老大。

「怎……會？」

菈恩托露可靜靜地觀察著費奧多爾，不過在經過幾秒的沉默後，她便深深地嘆了口氣。

「依你的反應，這個名稱你是知道的，但看來應該跟箱子本身沒有關聯吧。」

他太大意了。費奧多爾的心中流著冷汗，承認自己的大意，也承認眼前這名聰慧女子確實徹底抓住了他的這份大意。

在坦率的少女居多的黃金妖精中，也有一些人是會試探彼此的。他明明早就知道了。

「請……請等一下，學姊，妳怎麼會有那種東西呢？」

她瞥了一眼慌張的緹亞忒。

「……為什麼連緹亞忒都出現這種反應？」

「之前在三十八號懸浮島發生了很多事……真的很多很多。」

費奧多爾覺得這是不誠實、不正確也不貼切的說法，但他不會主動進一步說明。如果要描述，他就不得不去回想。一回想的話，他就必須忍受那種痛楚。

雖然緹亞忒一副還想說些什麼的表情，但她看到費奧多爾的臉色後，立刻就閉上嘴了。這孩子真是機靈。他現在非常高興她能有這份貼心。

「——那是上次在美術館發現的東西喔？」

娜芙德從旁邊探過頭來。

「所以說，在場不知道裡面裝什麼的只有我。結果到底是什麼啊？」

「是毀滅世界的兵器。」

菈恩托露可若無其事地答道。

「光是在腳邊摔碎，懸浮大陸群兩年後就會整個被〈獸〉吞噬殆盡的厲害玩意兒。」

——吞噬整個懸浮大陸群？

他對這個說法抱持著疑慮，不管怎麼想都不對。

封存在艾爾畢斯的小瓶內的〈沉滯的第十一獸（Croyance）〉，是會無差別地將接觸到的東西同化的恐怖侵略者。然而，它本身沒有移動的手段，也無法連空氣或水都一併侵蝕掉。也就是說，不管這個小瓶造成的災難再怎麼擴散，吞噬掉一座懸浮島後就會停住了。

當然，長期來看，那座懸浮島與其他懸浮島接觸的話，可能會導致災難進一步擴大。就像目前在三十九號懸浮島的〈第十一獸〉正在靠近三十八號懸浮島一樣。

再說，「兩年後」這個異常具體的數字是從哪裡得出的？

「……別把那種東西帶在身上啦。」

娜芙德一臉傻眼地說道，而緹亞忒則用力地點了點頭。

「但不能就這樣放在那裡吧？而且也不能隨便丟掉。所以我才想拜託葛力克先生，因為把這東西裝進砂箱，放在護翼軍的倉庫裡才是最好的辦法。」

「……也是。」

雖然他一度把幾乎處於那個狀況的小瓶帶了出來，所以心情很複雜，但她的判斷本身並沒有錯。費奧多爾點了點頭。

「我聽說你是艾爾畢斯的相關人員又是叛徒，因此以防萬一來確認一下。既然你與此無關，那我也沒有其他要事了——娜芙德，我們走吧。」

「啊？」

娜芙德發出困惑的聲音。

「咦？等……等一下呀，學姊？」

緹亞忒連忙喊住她的背影。

「我的目的是追查五號懸浮島的流出物品。既然已經證實跟這位沒有關聯，就必須前往下一個可能有線索的地方……我不認為那件事跟現在這種事態沒有關聯，況且也沒有多少時間了。」

菈恩托露可用淡淡的語氣說道。

費奧多爾察覺到她的焦慮。她只是在告訴自己要保持冷靜，並表現出那樣的感覺而已，其實這名女性是個情緒起伏相當激烈的人。

「那種異形化，是強力詛咒搞的把戲。」

她抬起頭，環視四周後表示：

「並不是利用生化手段造成的變質現象，而是透過詛咒，直接改寫生物的存在模樣。但是，能夠在完全無視現實的情況下強加於人的強力詛咒，是非常複雜且細膩的。要將這種程度的詛咒施加在不特定的多數對象上，原本是近乎不可能的事。」

「妳真清楚。」

「全都是老師教我的，我只是現學現賣而已。那位人士懂的事情很多——」

她的口氣聽起來像是感到懷念，又像是在哀悼。

費奧多爾將手中的文件放回紙袋，從長椅上站起來。

「我可以問一件事嗎？」

「我說過我在趕時間。」

「是很重要的事。不是對我而言，是對在場的所有人……不對，是對整個懸浮大陸群而言，非常重要的一件事。」

菈恩托露可停下腳步。

「你想問什麼？」

看來她是允許他發問了。費奧多爾一邊感受著緹亞忒和娜芙德的視線，一邊謹慎地選詞用字。

「大賢者死了，沒錯吧？」

他問出口後，等了一下。

菈恩托露可的沉默是最鏗鏘有力的回答。

「——你為什麼要問這個？」

她現在才這麼問道。

「只要短時間內得到這麼多提示，就會知道了。妳說要追查五號懸浮島的流出物品。五號懸浮島本來就是大賢者的住所，要是那裡出事，照理說要透過護翼軍來解決。儘管如此，卻是已經離開軍隊的菈恩托露可小姐在處理，就表示其中存在著不能正式與軍方有所牽扯的原因吧。」

他聳了聳肩。

「五號島必須瞞著軍方的消息本來就不多。再加上，聽說妳有個通曉咒術知識的老師。既是五號懸浮島相關人員，又是咒術高手，能想到的人物就只有一個而已。如此一來，我也可以推測大賢者本人一定出了什麼問題，而菈恩托露可小姐則是以跟他關係極為親近的個人身分在行動。」

……其實，他還有另一個推測的根據。

他從黑瑪瑙那裡聽過大賢者史旺．坎德爾這號人物的一些事。因此，菈恩托露可剛才提到詛咒時，他就聯想到大賢者了。

不過，這部分的心思實在不能說出來就是了。

「五號懸浮島機能不全這一點，從以前就是眾所皆知的事，軍隊內部也經常在傳大賢者已經過世的傳言。所以，我才會詢問似乎了解實情的妳——倒不如說，我也有一種妳在引導我發問的感覺。」

「咦？」

「妳是在試探我吧？看我是不是能夠察覺到列舉出來的提示，並推論出真相。」

菈恩托露可——依然帶著一副泰然自若的表情不發一語。

他可以看到一條冷汗順著她的臉頰滑落而下。

（……奇怪？）

他該不會是猜錯了吧？不，這不可能。

如果她不是有自覺地說出提示，就會變成是在沒有自覺的情況下，將關係到機密情報的線索洩漏出來。不管怎麼說，她看起來都是一副冰雪聰明的模樣……不僅如此，她剛才還準確無誤地抓住了費奧多爾鬆懈的時機，他認為像她這樣的對手不可能會這麼糊塗。

他想如此認為。

「啊——……」

緹亞忒一臉傷腦筋地別開視線，而娜芙德則愁眉苦臉地沉默著。他看不出那種反應的真正意思。

「——既然都推測到這種程度了，那你應該懂吧。」

菈恩托露可的表情像是甩開了什麼似的，開口這麼說道。

「這件事不能洩漏出去。懸浮大陸群的所剩時間不多了，徒然引起混亂並沒有任何意義。」

「我知道啊。最重要的是，傳言本身已經流出去了，就算我在哪裡說了些什麼，都只會被當成相信謠言還亂說話的騙子罷了——」

沒錯，大賢者死了，即使他知道這一點，世間也不會有任何改變。

然而，知道這一點的自己，卻產生了些許改變。

「——那麼，雖然這不是回禮，不過我這裡也有兩條消息可以提供。妳要找的東西，應該就在比魯爾巴盧恩霍姆隆恩氏的第七別墅裡。」

菈恩托露可頓時停下動作。

只有眼眸像是在探尋他的真正用意似的，微微動搖了一下。

「那似乎是這座城市自古以來的掌權者，也是知名的獸人至上主義者。據說好幾樣從護翼軍的運輸艇上搶來的掠奪品都經由祕密路徑運進去了，不過其中也有幾樣原本就出處不明的東西——」

在她問出「你為什麼會知道？」這個問題前——

「啊，這可不是什麼推理喔。我剛才分到了一些貴翼帝國諜報員掌握到的情報，新鮮度和準確度都是有附保證的。」

菈恩托露可的嘴唇看似想說什麼似的微啟——但最後還是一言不發地閉上了。她就這樣再次背對著費奧多爾邁步而去。

費奧多爾為了追上她的背影，也往前走了起來。娜芙德和緹亞忒則帶著有點困惑的感覺跟在後面。

「我還有一件事想告訴妳。」

「希望你不介意邊走邊說。」

這大概也是無可奈何的事。現在這種狀況確實必須加緊腳步，不能一直逗留在原地。

「呃……我想妳說不定早就知道這件事了，〈十七獸〉是人族。也許該說人族的本體是〈十七獸〉更為準確，不過，到了現在這個時代，做這種區分也沒什麼意義就是了。」

某種冰涼的東西碰到了後頸，費奧多爾被迫停下腳步。

在沒有任何氣息和預兆的情況下，娜芙德的手指一瞬間就掐住了費奧多爾的脖子。她的手指隱含著隨時都能輕鬆折斷的意圖。

「學學學姊？」

緹亞忒從剛才開始就不斷受到驚嚇。他覺得有點對不起她。

「你從誰那邊聽到的？你這傢伙知道什麼，又知道多少？」

「……我還沒說完。可以先聽我說到結論嗎？」

娜芙德的手指一動也不動，是叫他在這個姿勢下說話嗎？

「你想說什麼？」菈恩托露可的聲音很平靜。「〈獸〉的本體眾說紛紜，各種說法多不勝數，你說的也只不過是其中一種說法罷了，聽起來似真非真，似假非假。這世上已經沒有人族了，也沒辦法確認其真偽——只是名副其實的空談吧。」

「不，這個事實比什麼都來得重要。穆罕默達利醫生不知道這件事；護翼軍、帝國和我姊姊也都不知情。眼下在科里拿第爾契市有資格接近真相的人，只有我和妳們而已。」

娜芙德的手指微微加重力道，是要他別裝模作樣嗎？

「那個，獸人變成異形四處肆虐的現象，是遺跡兵器莫烏爾涅的力量造成的。具體來說，那是『與同伴結合力量，並將加總起來的力量分享出去』這種能力的體現。雖然以詛咒而言，這玩意兒不僅超出規格又脫離常識範疇，但既然這把劍與從前被稱為極位五聖劍的那把劍……瑟尼歐里斯同規格，這就不是不可能的事。」

他一邊說著，一邊在心中整理資訊。

原本就知道的事，憑感覺推論但不抱有肯定的事，黑瑪瑙告訴他的知識，從帝國那邊流出的情報。他將這些事物彙整起來，導出結論。

「遺跡兵器是……」

娜芙德低聲道。

「是只有我們才能使用的東西。附帶一提，在我們這些人當中，一個人也只能與一把劍相契合。沒有妖精是那把什麼莫烏爾涅的適任者。」

「沒錯，是有這樣的規定。這條規定由穆罕默達利醫生訂下，這是醫生他本人說的。妖精不會長大成人，也沒辦法使用未契合的遺跡兵器，醫生確立了將妖精調整成這樣的技術，並將這條規則刻在所有成體妖精兵的身體裡──」

這次……她們三名妖精都一臉驚愕地沉默下來了。

是啊，她們理當會如此。換句話說，這揭露了她們妖精的存在根基，不得不接受的末路，偏偏是人為策劃的結果。穆罕默達利．布隆頓始終感到很自責，這也是他到最後甚至願意接受死亡的原因。

「……請你繼續說下去。」

在另外兩人說話之前，菈恩托露可就催促著費奧多爾的下文。

「對人族勇者來說，只要是與自身器量相配的劍，不管哪一把都能夠使用。恐怕原本的妖精也有效仿這一點。但是醫生為了斷絕妖精接觸到莫烏爾涅的可能性，便在這部分加了一道枷鎖。然而，這道枷鎖並非永久有效。這是我自己的猜測就是了，當黃金妖精長大成人，或是催發出超越極限的魔力，這道枷鎖就會遭到破壞，變成任何劍都能使用。」

「啊……」

娜芙德不知怎地，像是突然想起什麼似的睜大了眼睛。不過，費奧多爾沒有追究這一點的餘裕。他必須耗費全部的集中力，才能勉強將自己心中的結論轉化為語言說出來。

「但是，醫生他想錯了一件事。他一直認定莫烏爾涅會主動控制可能成為它的使用者的妖精。遺跡兵器的運作機制幾乎都還沒有解開，沒有人能夠解除他的主觀臆測——」

也有一人可能是例外，那就是威廉．克梅修。但他和穆罕默達利的交集太少，而且穆罕默達利當時也沒有問威廉任何問題。

「——儘管如此，既然莫烏爾涅可以操控妖精，那麼答案就只有一個。莫烏爾涅即使不借助妖精之手，也早就啟動了。」

「這不可能！」

娜芙德尖聲喊道。

「要我說幾遍？遺跡兵器只有我們才能使用！」

「妳錯了。遺跡兵器原本是只有人類才可使用的東西。妳們不過是身為『能夠替代人類』的妖精，才有辦法使用遺跡兵器。也就是說——」

「——你是在神智清醒的情況下講這番話的嗎？」

菈恩托露可沉聲說道。

「你真的知道自己在說些什麼嗎？」

「雖然我對神智清醒這一點有些沒把握，但我可以肯定自己是認真的。沒錯，如果本來就是人族，能夠使用遺跡兵器也不是什麼奇怪的事。」

從前被視為極位五聖劍之一的莫烏爾涅，是能夠與同伴結合力量的武器。

所謂的同伴是什麼？在莫烏爾涅的定義中，是抱持相同想法的人們。

像是無法饒恕仇敵，或是想守護某個人，甚至是單純不想死。它會將抱持相同想法而立於同一戰場的人們合為一體。

據說，聖劍是將小小的願望集結起來所引發的一種奇蹟。

而莫烏爾涅這把劍，只是為了這樣的奇蹟而存在的。

正如存放在護翼軍資料庫裡的人族紀錄所述，莫烏爾涅這把劍的來歷，真的——僅僅是如此而已。

「〈織光的第十四獸〉。」

費奧多爾說出了存在那些異形化的獸人記憶裡的名字。

「那些變成怪物的人，我從其中一個瀕死個體的精神中撈到了這個名字。在遙遠的過去，有一名人族勇者在持有莫烏爾涅的狀態下變成了〈獸〉，直到現在也依然寄宿於莫烏爾涅裡面。這就是引發如今這場異變的元凶。而且——」

而且——沒錯。

接下來才是重點所在。費奧多爾是為了這個才一路走到了現在。

「……只要解決這個問題，妳們妖精就能得到自由了。」

7. 展開虹色羽翼者

「倒是省下了說服的工夫啊。」

葛力克小聲地打趣道。

「什麼意思？」

「這裡的老大哥不是很執拗的固執鬼嗎？像莫烏爾涅那種東西啊，就算跟他說因為很危險要他交出來，他也不會乖乖讓出啦。」

「——我實在不覺得這是個有品味的笑話。」

「是啊，我自己也這麼覺得。」

比魯爾巴盧恩霍姆隆恩家旗下第七別墅大得很誇張。

占地比半吊子的集會場還要廣闊，上面蓋有兩棟三層樓的宅邸，分別是本館和別館。

從外面看得到的窗戶來計算，房間數有五十間以上。而且，一旦踏進其中，會發現通道錯綜複雜，還有十隻以上的那種妖怪——應該是獸人變成的不明怪物在到處徘徊。探索的進展不是很理想。

「畢竟遺跡兵器很大一把，房間裡的保險庫放不下，這裡應該有類似金庫室的地方才對。」

雖然穆罕默達利這麼說道，但找不到他口中的金庫室。

「船到橋頭自然直嘛，再說還有專家在。」

「打撈者又不是闖空門的小偷……」

別把地表的遺跡和空中的屋子混為一談啊，浪漫是不同的，浪漫可是重點啊……儘管葛力克發著牢騷，但實際上他在地表探索的經驗還是派上了用場。他光是在通道上稍微走一下，就能預測整座建築物的大致格局，並推斷哪些地方很危險，計算出更有效率的探索路線。

除此之外，還有一人。瑪格也在這次的探索中發揮出很大的作用。她體型嬌小且身手矯捷，甚至連潛行的相關專業技術都精通。雖然被勸說很危險，但她還是強行擔起偵查員的職責，而且還完美無缺地完成了工作。葛力克忍不住問了聲「妳對地表的浪漫有沒有興趣呀？」想挖角，結果被妮戈蘭掐了把臉頰。

†

眼前是一道看起來極為堅固的巨大鐵門。

從葛力克用指背敲擊所發出的聲音來看，鐵門具有相當的厚度。

「——確實是金庫室沒錯。」

葛力克嘀咕著回過頭。

「有辦法打破嗎？」

「對手無縛雞之力的弱女子要求什麼啊，真是的。」

妮戈蘭鼓起腮幫子，把手放在門上，哼聲加重力道。腳邊的磁磚都嗤地出現裂痕，但最關鍵的大門依然文風不動。

「……抱歉，好像不太行。」

「真的假的，這門是有多堅固啊？」

葛力克發著牢騷，從小袋子裡拿出開鎖工具，貼在鑰匙孔上。

這是需要多把鑰匙來開的那種鎖，不過構造本身很傳統。儘管要花時間，但以往的開鎖方法還是很管用。這真是謝天謝地，如果現在還要在這棟宅邸多繞一圈找鑰匙，未免也太累人了。

「……你們不覺得叮鈴叮鈴的聲音愈來愈大了嗎？」

妮戈蘭摀住耳朵。

「想必莫烏爾涅就在附近了吧。雖然能聽到聲音，但那並不是空氣的振動。我想，大概是那把劍有其他方式直接讓我們的精神有所感知，並且含有某種不依靠語言來傳遞的訊息，只要理解其中含義就會被控制。」

「被控制……」

也許是明白這句話的意思，妮戈蘭嚥下一口唾沫。

「放心吧，現在應該還來得及。」

穆罕默達利的嗓音很溫柔。在讓對方安心的同時，他自己大概也想如此相信並放下心。

「菈琪旭小姐不在房間裡。」

年幼的少女喃喃說道。

「……就在附近吧，而且人應該沒事。」

穆罕默達利回答，之後又小聲補充道：「因為能夠啟動莫烏爾涅的，只有那個孩子而已。」

對話就在這裡中斷了。

叮鈴鈴鈴。

傳入耳中的鈴鐺般聲響，以及葛力克在鎖裡面挖來挖去的微弱金屬聲。眾人沉浸在這兩種聲音中，不發一語地靜待時光流逝。

「好啦。」

鎖打開了。

葛力克站起身，將沉重的門……是真的很沉重的門緩緩地推開。

裡面一片黑暗，他拿著提燈走進去。

其中延伸開來的景象大致與想像相同，看起來非常貴重的石像和畫作並排擺在一起。雖然有一半左右都被仔細地包裝了起來，剩下的則暴露在外——或許安置在這裡就已經算是一種包裝了。葛力克產生一股想把所有東西都看一遍的衝動，但他知道這樣就會真的變成闖空門的小偷（倒不如說是強盜），而且現在也不是做那種事的時候，這理所當然的認知讓他踩住了煞車。

室內正中央的桌子上，橫放著一把大劍。

「——找到了。」

壓抑著情緒卻無法完全藏住喜悅的穆罕默達利的聲音，說出了那把劍的來歷。那就是最近蔚為話題的遺跡兵器莫烏爾涅。

「該怎麼說咧……好像也沒有那麼特別的感覺？」

在葛力克當打撈者的期間，遺跡兵器（雖然這個稱呼不為大眾所知，但總之是所有類似金屬工藝品的大劍）一定會被奧爾蘭多商會高價買走，因此在地表找到的寶物之中，也屬於中大獎那一類。雖然稱不上司空見慣，不過他也曾在地表看過幾把。

「光看外觀是看不出個所以然的，這是遺跡兵器最難纏的一點。」

穆罕默達利發著牢騷往劍走過去。他的背影看起來因為太過緊張而顯得很僵硬。

「謝謝你們陪我走到這裡，接下來就由我來了結它。」

「……具體來說，你打算怎麼做？折斷它嗎？」

「遺跡兵器是無法靠蠻力來破壞的。無論再低階的聖劍，就算開啟妖精鄉之門也無法傷其分毫。不過——」

穆罕默達利一邊回答，一邊將目光落在從懷裡掏出來的紙上。那隻獨眼認真地瀏覽著上面寫得密密麻麻的潦草文字。

「還是有方法可以讓遺跡兵器作廢。威廉小弟在調整遺跡兵器時，不是將其分解過一次，然後又復原對吧？也就是說，遺跡兵器存在著這樣的功能。」

妮戈蘭「啊」地脫口發出察覺到什麼的聲音。

「我那位朋友在研究的，就是這件事。」

他輕輕揮了揮從研究所帶出來的一疊便條紙。

「我以前就猜測過這世上存在著分解聖劍的方法，連同具體的步驟也都想過了。但遺跡兵器很貴重，在沒有把握復原的情況下，不可能去嘗試。就算想要強行嘗試，二等咒器技官也沒有那樣的權限。所以直到現在，這種技術一次都沒有被使用過。」

這麼說著——穆罕默達利用自己的手指滑過莫烏爾涅的劍刃。連火藥槍都打不穿的單眼鬼的皮膚，不會那麼簡單就受傷。在嘗試過兩三次後，終於劃出細小的傷口，血珠湧現出來。他將血液滴在莫烏爾涅中間部位的金屬片上。

「調整開始(Start Tuning)。」

穆罕默達利像是在唸古代語言似的，有點生硬地喊道。

朦朧的光芒催發而出。

「哇……」

直到剛才都安安靜靜的瑪格，不禁脫口發出感嘆聲。

「真的假的……」

遠古失落的技術，人族祕傳中的祕傳，如今正在眼前重現。葛力克呻吟了一聲，其中包含的情感，比起感動，更接近畏懼。雖然這種祕術五年前曾復甦過一次，但畢竟他當時沒有親眼目睹其光景，所以不算。

「真的可以！」

穆罕默達利用難以置信的語氣痛快地叫道。

「哈哈，真的成功了！實在不敢相信啊！」

「喂喂，醫生，原來你其實沒把握啊！」

「當然啦，因為只是重重假設下的推測而已嘛，但成功了！」

穆罕默達利的指尖碰觸其中一塊散發淡淡光芒的金屬片。隨著「喀嚓」一聲輕響，金屬片從固定的位置稍微浮了起來……

——然後就停住動作了。

「奇怪？」

「怎麼了？」

「不……沒什麼，應該沒事。」

穆罕默達利接二連三地碰觸金屬片。每塊金屬片都微微動了動，而且也就只是微微動了動而已。

步驟應該沒有錯——否則聖劍一開始就不會有任何反應——但不知為何，從這一步開始就沒有任何進展了。

「醫生？」

一連串的東西。

從浮起來的金屬片的縫隙之間，有某種東西漏了出來。

那並不是咒力的光芒，而是黑色的，並且像霧一樣沒有形體。

「——醫生！」

察覺到危險的葛力克叫道。然而，這聲警告當然太遲了。黑霧在那瞬間變成錐子的形狀且硬化，深深鑽進穆罕默達利的胸膛。

「咦……？」

穆罕默達利只留下難以置信的聲音，便再也無法動彈。短瞬過後，大量鮮血噴了出來。

（不妙……！）

在葛力克的腦中，特大的警鈴現在才開始運作。他很清楚這種竄過背脊的感覺。每次在地表感覺要遇上〈十七獸〉時，這股簡直要讓心臟直接停住的惡寒就會將身體束縛住。

他不知道眼前的東西是什麼。雖然不知道，但他明白，那是可以輕易賜死他們的巨大災厄——

「啊……啊……」

在場任何人都無法再有動作。只能愣愣地看著穆罕默達利的背影滑落倒地，而在另一邊，從莫烏爾涅的劍身冒出的黑霧，緩緩地凝聚為人形。

背後傳來了腳步聲。

（完蛋了……）

葛力克覺得是被這棟宅邸的居民，也就是那些變成怪物的獸人發現了。因為時間拖太久，也製造出太大的聲響。於是，理應不能再惡化的情況又進一步地惡化了。

他也覺得自己必須想點辦法。姑且不論種族的強韌度，現場最習慣面對危險的恐怕只有他了。在這種使命感的驅動之下，他硬是扭動僵住的脖子，親眼確認背後的來者之姿。

「……啊？」

他猜錯了。

是一名橙色頭髮的少女站在那裡。

「愛洛……瓦？」

也許是意識模糊不清，穆罕默達利用夢囈般的聲音喃喃喊出某個人的名字。即使是葛力克，也知道這不是那名少女的名字。愛洛瓦·亞菲·穆爾斯姆奧雷亞，他沒記錯的話，這是在博士講述的過去中登場的已故妖精之名。

「菈琪旭！」

妮戈蘭用另一個名字叫她。這個名字他也有聽過，是一名黃金妖精，和緹亞忒同輩，出於各種因素而脫離護翼軍，目前正在逃亡。並且，她就是那名在這棟宅邸裡失去意識的少女——

「……」

菈琪旭。

應該用這個名字來稱呼的妖精少女。

她用幾乎感覺不到任何自我意志的表情和腳步，慢慢地踏進室內。

接著，她筆直地伸出手。

正在變為人形的黑霧再度失去形體，像帶子般細細地延展開來，其中一端又鑽進莫烏爾涅裡面，而另一端則像藤蔓似的分開來纏繞住菈琪旭全身。

「菈琪旭小姐！」

然後，瑪格這聲叫喊有如導火線一般——

巨大的虹色幻翼，從原本是菈琪旭·尼克思·瑟尼歐里斯的少女背後展開。

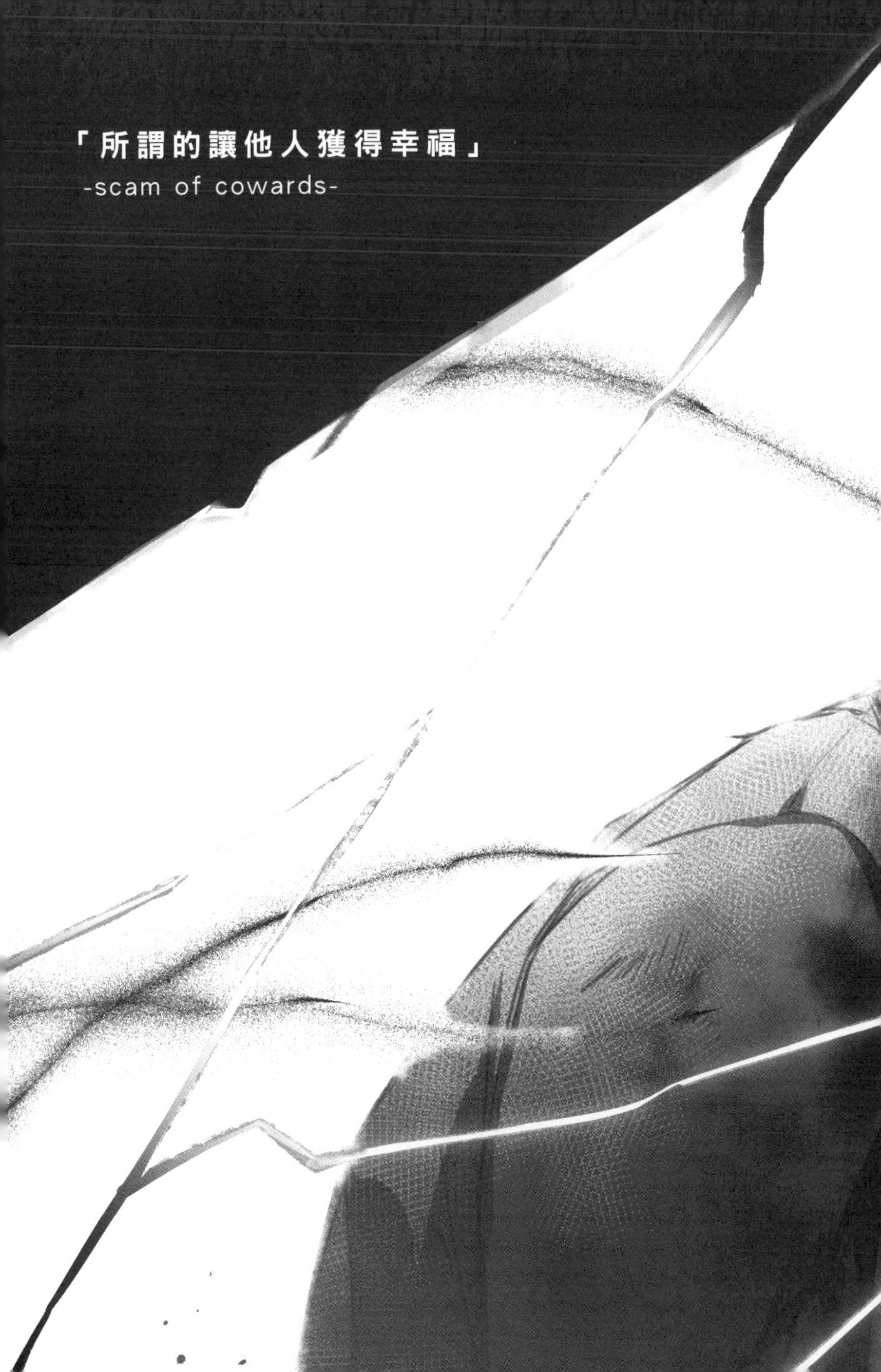
「所謂的讓他人獲得幸福」
-scam of cowards-

1.「菈琪旭」

浮在黑暗中，一塊一塊地追逐陶片狀光點的同時——

少女察覺到自己就是在作夢。

本來所謂的夢，指的是整頓記憶的過程。她好像從誰那邊聽過這句話。

據說，人在清醒時所做的思考，等同於把收納在心靈書架上的各種記憶拿出來攤開在桌上；人在睡眠時，那些記憶會再次回到書架上的正確位置。所謂的夢，就相當於每個人在整理書架的過程中都會出現的現象……不知不覺就開始閱讀手上的書籍。

自己這個書架所散落出來的幾個回憶，從觸手可及的部分開始翻閱，直到另一端。她透過這個方法來探尋自己的身分，試圖回想起來。

——一起懷抱夢想吧，納莎妮亞。就當作是代替妳已經破滅的夢想也好。

——有朝一日，一起創造出屬於我們家族的國家吧。

在宛如修繕得不夠徹底的家畜棚屋一般，有點髒的房間裡。

——希望你能跟緹亞忒好好相處。

——請你把她當成一個女孩子來對待，讓她能活得像個女孩子。

在下著冷雨的街上，休息處的屋簷下面。

——我再也沒辦法對妖精族的未來抱持希望了！

——連那些孩子都要被汙染的未來，我連想都不願想！

在以熊熊燃燒的飛空艇殘骸為背景的情況下。

——我很怕大家都不見。我討厭害怕的感覺。

——不過，我也不希望自己變成發生任何事都無動於衷的人。

在百花齊放的原野，做著要送給朋友的花冠之際。

——我沒事的。我一個人也沒問題。我照樣能幸福。

在因為祭典而喧鬧不已的夜晚街道上，觀賞邁入高潮的人偶劇之際。

——在這世上，有的夫妻也是婚後才開始培養感情的吧？

——至少現在的我，對於這樣的心境感到很幸福。

在狹窄的個人施療院的一處室內，與大塊頭醫師面對面的情況下。

回憶的細節之處都很模糊，時間軸也跳來跳去的，而且她根本連這些事是否實際發生過都不確定，就這樣追尋下去。

（幸福……嗎……）

她突然注意到旁邊有人在。

照理說不可能有這種事。這裡是心靈的內部，只有她自己一人才對。**少女**感到困惑，但困惑過後，她立刻意識到了。沒錯，這裡只有她自己一人，所以旁邊那個人也一定就是她自己——或者說是自己的另外一面。

『我曾經希望一個人幸福，他是我很重要的家人，但是……』

對方主動跟她說話了。或者應該說，是自己主動說話嗎？她無法將二者區分開來，而且那樣做大概也沒有意義。

『我殺了他，了結了他的生命。』

『這樣的我，才沒有資格獲得幸福。』

她看不見對方的模樣。看不見自己的模樣。

兩種悔悟，兩種嘆息，相互融合為一體。

她們同時對彼此伸出手——彷彿祈禱一般，讓手掌交疊在一起。

有著摯愛的家人。

希望他們能夠一直保持著笑容。

祈願他們能夠活下去。

為了這樣的想法與願望，她願意犧牲自己。然後……她覺得自己做到了力所能及的一切事情。她這一路以來應該盡了最大的努力，讓自己不用再繼續自責。

她得到了許多笑容，令她足以如此認為。

『要是威廉先生知道的話，一定會罵我的吧。』

『要是納莎妮亞知道的話，絕對會很傻眼吧。』

嘻嘻嘻地笑著。啊哈哈地笑著。她……她們是壞孩子。讓那麼為她們著想的人死去，不僅如此，現在也在違抗他們的意志，不停重複做一些讓他們感到生氣、傻眼的事。

『雖然我沒有資格獲得幸福……』

『但是……』

就算如此，也一定是……

有個為這樣的她著想的人；有個為這樣的她感到生氣的人；有個為這樣的她而拋下一切，持續奔波的人。

根據那個人所說，「我會讓妳幸福」這句話，是擅自斷定對方還沒獲得幸福。這是獵豔專家、詐欺師和政治家經常使用的話術，讓他人依賴自己的一種思想誘導。因此，那個人沒有說這種只是用來取悅對方的話語，僅以行動來展現。儘管經常是白忙一場，儘管他的做法也很笨拙。

不過，光是這樣，她便非常開心。

令人實在傷腦筋的是，能夠感到開心這一點，沒錯，就已經是幸福了——

†

——她睜開了眼睛。

眼前是一片遼闊的天空。

她視線稍微往下，便看見幾十名士兵聚集在一起舉著槍。

（——————）

槍口對著她，士兵的眼神充滿敵意。到這裡她還能理解，但她沒有意會過來這意味著什麼。

少女——緩緩地環視周遭，然後低頭看著自己的身體。到處都破損的樸素睡衣上，籠罩著像是黑色禮服的東西。仔細一看，這件禮服是用類似細藤蔓的東西編織而成的，而且再細看那些藤蔓，便發現那只是沒有實體的煙霧。虛無的黑色將她的身體束縛起來。

而她的右手握著一把赤灰色的大劍。

（————）

這是什麼劍？她想。

這把劍應該具有某種重大意義，理當抱著某種龐大的情感來看待。然而，她想不起來這是什麼劍。

她只能再次體認到自己是具空殼。

有聲響。

稍遲過後，她才發現那是槍聲。再下一刻，她發現自己被擊中了。一顆因為衝擊而扁掉的彈頭陷入肩頭，微微作痛。她目送彈頭脫落後掉下去，肩上留下青紫的痕跡。

她茫然地轉動思緒。他們在做什麼呢？

「————菈琪旭小姐！」

有聲音。

這一瞬間，**少女**醒了過來。

有人叫出了名字。因此，一直被人用這個名字來稱呼的心靈碎片便成形了。

「啊……」

與此同時，一股猛烈的重壓向少女——「菈琪旭」襲來。心靈處於空虛狀態時根本感覺不到的情感漩渦以及結合起來的情感鎖鏈，像是要壓碎才剛恢復了些許的自我似的，一齊湧了過來。

其中有恐懼、孤獨、後悔、憐憫、焦躁、私慾、親愛和憎恨，也有將以上所有情感混合在一起直到失去原形後，所創造出來的另一種完全不同的東西。透過遺跡兵器莫烏爾涅結合起來的所有「夥伴」的心願，以解開力量枷鎖的妖精為容器，無窮無盡地傾注進來。

「菈琪旭小姐！」

聲音的主人是個黑髮的小女孩，那是黑貓……但特徵很不明顯的獸人。

那是她認識的人，也是朋友，一個很重要的同伴。名字是……什麼來著？

巨大的宅邸倒塌了。小女孩正試圖從堆積如山的瓦礫縫隙間爬出來。她渾身都是擦傷，想必很痛吧。但她看起來沒有放在心上，抬頭看著這邊。

「菈琪旭小姐，這樣……太危險了！請妳……下來！」

她的聲音傳了過來。

即使處在如同暴風般呼嘯狂吹的情感漩渦中，無數話語不斷地敲打著，「菈琪旭」還是聽到了小女孩的叫喊。

「啊……」

給個回應吧。她這麼想著而微微啟唇，卻沒有下一步動作。她花了一點時間在思索該說什麼才好。

血花綻放。

小女孩的身體震顫了一下。

她終於注意到士兵還在持續開槍這件事。

那是流彈，或者可能是射中瓦礫後彈開的子彈。為了射落被旺盛催發的魔力給保護起來的「菈琪旭」，士兵使用的是火藥量更多的槍。

「啊——」

張開的嘴巴差點就這樣迸出悲鳴。那個小女孩像是想掩飾似的，那張濡溼血紅的臉上露出了笑容。

「……不可以。菈琪旭小姐，妳不可以……生氣。」

「啊——」

「……我本來就是……死人。這樣……就夠了。」

「啊……啊——」

「……所以……菈琪旭小姐……要活著……再次跟……費——」

彷彿要打斷這句話一般。

小女孩的肩上又綻開一朵新的血花。

緊接著，這次輪到背上又綻開了一朵。

小女孩一聲悲鳴也沒有發出，就這樣帶著像是裝出來的笑容倒在地上，然後，再也沒有說一句話。

這麼多血是從那副小小身軀的哪裡流出來的？瓦礫轉眼間就被染成了紅色。

「啊……啊啊——」

恐懼，逐漸吞噬「菈琪旭」的心靈。

孤獨，逐漸滲透「菈琪旭」的心靈。

她已經不做任何抵抗，任由後悔、憐憫、焦躁，以及一切情感的漩渦，將所剩不多的自我碎片塗抹殆盡。

「啊啊啊啊啊啊啊啊啊啊啊啊啊！」

高漲的憤怒以及絕望，究竟是屬於誰的？

（不行——抑制不住——）

連一眨眼的時間都撐不過。

殘存的一點理性碎片被爆炸般的激烈情感給抹消，完全交出了少女身體的主導權。

2. 站上舞臺

叮鈴鈴鈴鈴鈴鈴鈴鈴鈴鈴鈴鈴鈴鈴鈴鈴鈴鈴鈴鈴鈴鈴。

鈴鐺般的聲響吞噬了周遭。

〈十七獸〉的精神構造本來就與懸浮大陸群的居民背離甚遠。因此在這樣的情況下，透過精神同步來控制對象——「結合力量」此一特性，對任何人都起不了作用。

然而，如果是經由優秀的中繼點就另當別論了。找到本身器量足以使用莫烏爾涅的妖精，並強行將其精神與〈第十四獸〉自身的精神混合起來，再讓那名妖精來翻譯的話，〈第十四獸〉所抱有的希望和絕望便能跟許多人產生共鳴。

穆罕默達利醫師的分析並沒有直達真相。不過，他的判斷，亦即不能讓〈第十四獸〉吞噬懸浮大陸群的這個目的，毫無疑問是正確的。

說到底，在面臨〈十七獸〉這種壓倒性威脅的情況下，懸浮大陸群依然能存續五百年以上的原因，就在於那些〈獸〉不會飛。就算有一頭〈獸〉吞噬掉一整座懸浮島，災情也必定就此打住。不管是〈第六獸〉還是〈第十一獸〉，這一點都是一樣的。

但是——〈第十四獸〉就不同了。

即使它本身沒有羽翼，還是能控制妖精的精神。

它可以一座又一座地在島與島之間盤旋，散布破滅。

因此，不管做什麼，不管犧牲什麼，穆罕默達利都決意不能再重蹈莫烏爾涅之夜的覆轍，至少這個想法是沒有錯的，他為此採取的手段至少也是恰當的。他為妖精套上枷鎖，不斷削減她們的生命與可能性，才能持續防止〈第十四獸〉所導致的最慘烈的毀滅。

直到昨天為止，應該是如此才對。

†

叮鈴鈴鈴鈴鈴鈴鈴鈴鈴鈴鈴鈴鈴鈴。

這是一種邀請。已經不用再一個人戰鬥了，只要齊心合力，任何敵人都能戰勝。情感的漩渦如此反覆低語著。

「噫……」

就算摀住耳朵，壓力也絲毫沒有減輕。雖然聽起來像是聲響，但那並不是聲響，而是更為可怕難纏的某種東西。

費奧多爾緊咬下唇，頂住那股衝擊。

用跑的要花很多時間，也很耗費體力。因為這個理由，他們四人現在正飛在空中。三個黃金妖精展開幻翼，而費奧多爾則將**行李**固定在背上，由娜芙德和緹亞忒一左一右拎著他飛行。

老實說，這樣真的很不好看，但現在不是抱怨這種事的時候。

「你還好嗎？如果撐不住的話，還是趕快退出吧。」

「沒有……問題。」

儘管頭痛欲裂，不過這是兩碼子事。他最近一直為諸如此類的身體不適所苦，事到如今才不會因為這種程度的不適就示弱。

「比起我，菈恩托露可小姐妳們沒問題嗎？」

「你問我也沒用，畢竟我什麼都沒聽到。」

「……咦？」

他連忙轉頭看向緹亞忒，但她只露出「你在說什麼？」的表情。

「順便說一下我也是。看樣子，應該是不會傳遞給普通的妖精吧。」

娜芙德一臉無趣地補充道。

「雖然可以說這樣正好，但只有我們三個能夠成為戰力，這就表示，如果遇上了蠻力起不了作用的對手，就有點不妙了。」

「起不了作用啊。」費奧多爾呻吟似的說道。「所謂的〈第十四獸〉，呃——對，是一種魂體，就算破壞掉它所依附的莫烏爾涅，也無法傷到內在分毫。」

娜芙德「嗚嘎」地發出不雅的叫聲。

「假設我們之中一人打開妖精鄉之門也沒用？」

「妳們的大爆炸也沒辦法破壞遺跡兵器吧，所以是不行的。」

菈恩托露可面露不悅的神色，沉默了下來。

「……所以呢？」緹亞忒的語氣像是在指責。「你打算怎麼辦？反正你一定有準備什麼不正當的作戰計畫吧？」

「稱不上作戰計畫啦，不過勝算還是有的。」

就在費奧多爾忽略「不正當」的部分回答之際——

他看到了慘狀。

原本蓋有貴族比魯爾巴盧恩霍姆隆恩第七別墅的地方及其周邊，已經被破壞到面目全非的地步。而且周邊至少有上百隻的異形——由於浮現出來的頭顱太多，連用雙腳站立都有困難——正在蠕動。

在別墅裡工作的隨從、護翼軍與貴翼帝國的士兵以及附近的居民全都混合在一起，已經區分不出誰是誰，也沒必要區分了。

「……糟糕，那些傢伙要往市區的方向過去了。」

「娜芙德小姐，菈恩托露可小姐，能拜託妳們攔下那些人嗎？」

「啊？」

「這倒沒什麼，不過你呢？」

費奧多爾沒有直接回答菈恩托露可的問題，而是環視四周後說道：

「當然是去阻止菈琪旭小姐——和緹亞忒一起。」

在慘狀的另一端，費奧多爾的視線所向之處，虹色的巨大幻翼正在閃耀。

†

——比自身性命更重要的東西，應該沒那麼多才是。

——不過呢。正因為如此……

他好久沒有想起這些了。

一直為家人、祖國、懸浮大陸群鞠躬盡瘁的姊夫所說過的話。

——能找到那種東西的人既是幸運，也是幸福的。

他不能接受這種理論，也無法認同那種結局。

姊夫是正確的，但也是錯誤的，他直到現在也依然想糾正這個錯誤。然而，儘管如此……

3. 舞臺上的奸險之徒

費奧多爾表示自己先躲起來。依照他的補充說明，他打算透過卑鄙的突襲來一決勝負，所以要她去讓菈琪旭露出破綻。

卑鄙的突襲。這種話好意思自己講喔？

「很遜耶。」

她無言地這麼說道。

「對吧？」

他不知為何一臉得意地勾唇一笑。

緹亞忒．席巴．伊格納雷歐收起幻翼，獨自降落在瓦礫上。

接著——橙髮少女緩緩地轉過頭。

緹亞忒從來沒見過她臉上浮現這樣的表情，連想像都未曾有過。失望與看清，輕蔑與拒絕。她的眼眸深處有昏暗的火焰在搖曳。

「這就是妳找到的結局嗎？」

緹亞忒只是自然而然地脫口問出這個問題，她當然並沒有期待對方會有反應。儘管如此，在等了幾秒後，沒有任何回應還是讓她覺得有點落寞。

「我要上嘍。」

緹亞忒催發魔力。這是讓自己遠離生命來汲取力量的技術。她感到全身的熱逐漸褪去。一股像是自己動手抽出脊椎般的惡寒傳來，她咬緊牙關撐住。

猶如在水中搖盪的溺斃屍體似的，菈琪旭動了起來。她舉起赤灰色的遺跡兵器，而非自己的瑟尼歐里斯。緹亞忒知道那種劍鋒略往外偏的舉劍方式。那是菈琪旭一直以來的壞習慣，因為她不想傷害到別人，也討厭做這種會傷害別人的行為。

緹亞忒衝了過去。

揮劍砍下。

這不是她們第一次交手。以妖精兵的身分進行訓練時，她們已經對打過好幾次，在費奧多爾逃出軍隊的那天夜裡也交戰過。而緹亞忒一次也沒有戰勝過這名文靜的少女。才能的差距當然很大，但現在想想，或許也有類似心理障礙的東西。

「唔，喝！」

既然本來在力量上就處於劣勢，起碼要掌握住主導權。覺悟也好，焦躁也好，總之緹亞忒都灌注在劍上發起攻勢。比起每一擊的精準度，出手的次數更重要。雖然從菈琪旭的動作感覺不到任何銳氣與氣力，但也不遲鈍。最重要的是，她的劍法相當凌亂——除了緹亞忒所知道的菈琪旭的動作以外，感覺像是還有幾個學過劍法的人的動作混在裡面。未知的變化攪亂緹亞忒的思緒。她原本以為對付菈琪旭時應該能有所作用的預判和對應，如今完全起不了作用。

（——可是！）

緹亞忒加上體重所砍下的劍被輕易地化解了。她頓失平衡，莫烏爾涅的劍刃趁隙迫近——就在這個瞬間，她瞇起眼眸，改變自身魔力的性質。將原本是產生力量的力量、阻止力量的力量，轉化為扭曲力量的力量、引導力量的力量。

伊格納雷歐的劍身彈了出去。

從旁人的角度來看是如此，只見劍芒順著軌跡劃過。

她不是藉由魔力來強化腕力，而是透過改寫慣性的方向，速度和威力絲毫不減地朝敵人死角揮出一擊。以前，她曾見過妖精兵學姊在實戰中使用過這項技術。這並不是催發強大力量的才能，而是操作已催發的力量來戰鬥的創意發想。她想說自己有朝一日也要學會，便獨自一人偷偷地練習過。雖然因為這是難到令人傻眼的高等技術，所以到頭來她還是沒辦法運用自如，但那天的努力，還是讓她在這個重要的局面成功施展出來了。

宛如火花的光輝四散。

菈琪旭沒來得及反應過來。緹亞忒的劍理應確實瞄準菈琪旭的右臂，卻有類似黑色藤蔓的東西衝出來擋開她的劍。那東西無法從外觀想像到有如此硬度，當它緊緊地纏住劍之後，連要砍掉它都不是一件易事，只能不得已地被迫進行力勁比拚。

「……唔。」

那個看起來像藤蔓的東西，緹亞忒覺得也很像鎖鏈——雖然在這種接近窮途末路的情況下想這種事顯得很悠哉，但想都想了，也沒辦法。那是藉由互相束縛來連接的無數金屬環。它本身像繩子一樣發揮出維繫、綑綁、拴住的作用。這樣的存在方式，有時會被比喻為羈絆——

「緹亞忒。」

熟悉的嗓音呼喚了她的名字。

「……妳醒了嗎？」

「嗯，稍微醒了一點。」

她開始推測。伊格納雷歐陷入了黑色藤蔓中，雖然無法達到將其切斷的地步，但還是有造成損傷。可能是因為這樣，對菈琪旭意識的束縛便有所緩解了。

「加油，我現在就來救妳。」

緹亞忒在劍上注入力量。既然對這藤蔓造成的傷害能讓菈琪旭獲得紓解，那為今之計，就是用更強的力量來傷害它。要是還不夠，就再注入更強的力量。她如此想著，鼓足了拚勁。

她也只有鼓足拚勁而已。

不論意志多麼強烈，現實都不會因為這一點而改變。緹亞忒·席巴·伊格納雷歐以妖精而言相當平凡，催發不出足以燃盡自身的魔力，這是無法跨越的事實。

「可……惡……」

嫩草色的頭髮猛然倒豎而起。除此之外沒別的了，像色素變化這種代表催發出超越極限的魔力的現象，連徵兆都沒有出現。

「緹亞忒……拜託妳了。」

菈琪旭用手使力，強行推開一條藤蔓。

那條藤蔓一直守護著的東西，就這樣毫無防備地露了出來。

「……等一下，妳……」

「做個了結吧。」

那是胸部。心臟的位置。

菈琪旭是要她殺了自己。

「笨蛋！我怎麼可能下得了手！」

「妳可以的……那個時候，我們不是一起做過嗎……」

「那是……」緹亞忒的手臂險些脫力。「……提那件事太狡猾了。」

「我……已經是一具空殼了。現在只是耍了點詐，才會得到多加的時間而已。所以，好嗎……」

「我知道！我是知道，可是！」

菈琪旭．尼克思．瑟尼歐里斯很久之前就崩壞了。在那之後，經過某種奇蹟性的複雜過程，她得到了彷彿還活在世上般的如夢似幻的時光……話雖如此，那也不過是短暫而扭曲的夢罷了，夢終究會有醒來的時候——

這點道理緹亞忒還是明白的，而且也接受了。但是……

「我當然做不到那種事啊！」

她流淚拒絕了。

這只是情感上的無謂拒絕。

具備頂尖才能的菈琪旭，搭配上規格足以與瑟尼歐里斯匹敵的遺跡兵器，再加上連〈獸〉的存在都算在內。這樣當然很強，絕對是無人能敵。儘管如此，如果……

有一種東西是連現在的菈琪旭都無法擊碎——

「黑瑪瑙，第二次！」

無聲無息，也無預兆。

抓準兩名少女的意識空隙，白髮少年溜到菈琪旭的背後。

（……咦？）

菈琪旭來不及反應，就在那一瞬間，少年行動了。

他的腳掌牢牢踩住地面。腳踝、膝蓋、股關節、腰、脊椎，藉由旋、轉、流、停的動作，強制聚合起所有在體內運行的勁的流向。

緹亞忒的意識未能及時掌握住狀況，相反地，她的眼睛確實看出了他的動作。她不清楚詳細的術理，也不認為那是合乎常識性道理的武技，更別說那一連串的動作看起來很令人不舒服。她曾經在哪裡見過，或者應該說，那動作具有見過一次就忘不了的震撼性。沒錯，那就是——

（……絕對粉碎父愛之拳……？）

無視掉幾乎所有正常物理法則的破壞力，擊中了毫無戒備的菈琪旭手中的莫烏爾涅劍身根部，造成足以使石造城塞灰飛煙滅的衝擊力。傳出撼動耳膜的轟然巨響，衝擊波無差別地撞擊周遭的一切。

就連菈琪旭催發的背離常識的魔力，也無法完全擋住精準度和施展時機都完美無缺的這道衝擊。

莫烏爾涅被彈飛出去。

費奧多爾毫不遲疑地伸出手。

然而，他立刻露出痛苦的表情僵在原地。

這是很理所當然的事。生物的身體構造沒辦法做出不合理的動作，或使出威力不合理的拳擊。能被允許做到這種程度的，只有克服不合理的鍛鍊並達到不合理的境界的奇人而已。費奧多爾雖然在其他方面有許多奇特之處，但從這個層面來看，他應該還算是個合乎常識的男孩子。

黑色藤蔓疾行。

它比費奧多爾的手快了一步，眼看就要纏住莫烏爾涅的劍柄。

（——不好！）

絕不能讓藤蔓握住劍柄。要是錯失這個機會的話，恐怕就再也沒辦法從菈琪旭手中奪走莫烏爾涅了。而且在那種情況下，等同於沒有任何手段可以在這場戰鬥中獲勝。沒錯，緹亞忒腦子很清楚這一點，明明很清楚才對。

藤蔓的動作很快。即使她腦中瘋狂叫著必須阻止它，身體的動作卻跟不上。瓦礫由於剛才的衝擊而浮在空中，現在看上去就像是靜止住一般。她有種置身於時間暫停的空間中的錯覺。趕不上了。緹亞忒不禁閉上眼睛。這時，右手傳來不妙的手感。

「……咦？」

時間開始轉動，她睜開眼睛。

莫烏爾涅……在費奧多爾的手裡。

藤蔓失去了力量，不僅如此，還無力地橫倒在地上，像是動物般一抖一抖地不停抽搐著。

「咦……」

右手——她握著伊格納雷歐的那隻手，傳來黏滑的溫熱觸感。

她有股不祥的預感。脖子不知怎地彷彿生鏽一般動不了，她使盡渾身力氣扭過頭，往右手看過去。

鮮血正在噴出。

從被伊格納雷歐的劍刃深深撕裂的部位，也就是菈琪旭的胸口。

她一看就知道那是致命傷。

無論怎麼治療都為時已晚。她在一瞬間便如此肯定著。

而菈琪旭本人則露出溫婉柔和的微笑。

「啊……」

她明明回答過做不到這種事的。

緹亞忒·席巴·伊格納雷歐沒辦法做到了結朋友性命這種事。她不久前明明才這麼喊過。

但現在，緹亞忒手中的劍刃，確確實實地破壞了菈琪旭身體的生命。

「菈琪旭！……菈琪旭！菈琪旭！」

緹亞忒呼喊著她的名字，但沒有回應的聲音。菈琪旭只是看似有一點高興地微笑著。這個笑容，緹亞忒已經看過不知道多少次了。這名少女要讓嚎啕大哭的孩子們平復心情時，臉上總會浮現這樣的表情。

緹亞忒拔出伊格納雷歐，然後扔到一邊，伸手去按住菈琪旭的傷口。當然，事到如今不可能會有挽回的餘地。儘管妖精嚴格來說並非生物，但其生命——是藉由模仿人類而存在於世。若是受到會導致人類肉體死亡的傷勢，理所當然無法救治。

「費奧多爾！菈琪旭她！」

她抬起頭，呼喊少年的名字。當然，她並不是認為他救得了菈琪旭，只不過就是忍不住喊了。

然後，她發現了。

費奧多爾站在瓦礫上。

背對著她。

他右手握著莫烏爾涅。這沒什麼。至於他左手握著的……是瑟尼歐里斯。這也不是什麼奇怪的事。他為了以防萬一，將那把劍從藏身處帶出來了。

說起來——直到剛才還讓她吃盡苦頭的黑色藤蔓全都不見蹤影。是消失到哪去了嗎？

還是說，移動到其他地方了呢——

「哈……哈哈……」

費奧多爾的肩膀微微顫動了起來。

他在笑。

那笑聲慢慢地愈來愈大聲。

「終於……終於啊。終於走到這一步了……混帳……」

費奧多爾嘀嘀咕咕地說著莫名其妙的話語。事已至此，緹亞忒總算察覺到了。有哪裡不太對勁。

「費奧多爾，難道說，你也……」

「——哦，不是喔。」費奧多爾頭也不回地答道。「我並沒有被〈獸〉控制，〈第十四獸〉不具有那種程度的力量，若是不經由莫烏爾涅，就沒辦法控制精神構造相差太遠的東西。明明是憎恨孤獨的〈獸〉……不對，或許正因為如此吧，原本這傢伙是與懸浮大陸群的任何人都合不來的存在——」

他的語調冷靜得不可思議，而且相當流暢。

緹亞忒紛亂的內心愈發不安起來。

「——〈第十四獸〉不具有那種程度的力量。不過，從反面來看的話，有些事不試試看是不會知道的吧。」

「咦？」

鏘噹一聲，瑟尼歐里斯發出清脆的響聲，被扔在地上。

費奧多爾將空出來的手也用來握住劍柄，然後將莫烏爾涅的劍身舉到自己眼前。

「你到底想做什麼……」

「Vincula。『你是我的朋友』……啊，不對，錯了。」

費奧多爾不理會緹亞忒，逕自對著眼前的劍說話。

而且語氣還很溫柔，彷彿眼前的對象是他的朋友似的。

「……〈十七獸〉，懸浮大陸群的大敵，萬物的破壞者——**你，就是我**。」

一瞬間。

黑霧鼓脹起來。

那黑霧看起來像是數億隻的飛蟲群，翻騰竄飛，然後在失去形體的狀態下，纏繞在少年的身上。

「費奧……多爾……？」

他的氣息發生變質。

站在那裡的，明明無庸置疑是是費奧多爾．傑斯曼本人。明明是那個愛說謊、壞心眼、固執又愛逞強的墮鬼族。

「——我就告訴妳一件非常重要的事吧，緹亞忒。」

那個少年的說話聲，與以往的費奧多爾並無二致。

他不知從哪裡拿出眼鏡，用單手打開鏡架後，戴了上去。

「墮鬼族是惡人，絕不能相信。」

他轉過頭。

像個壞蛋一樣勾起唇，用猙獰的表情笑著。

一道血自他的眼角滑落而下，猶如眼淚一般。

†

他為了讓懸浮大陸群墜落而奮戰至今。這不是謊言。他認真地覺得這個世界需要災厄。而且，這當然不是全部。

他為了妖精的將來而奮戰至今。這也不是謊言。他絕對無法認同她們的戰鬥持續遭到無視。而且，這其實也不是全部。

†

剝落凋零——

他自身正逐漸崩毀而去。

費奧多爾知道強行與〈十七獸〉融合精神的魯莽行為就是自尋死路。這樣就像是把他本來就所剩不多的時間全部都倒進水溝一樣。

——他感覺到黑霧團般的東西在自己體內。

這傢伙——被稱為〈第十四獸〉的精神懷抱著什麼樣的痛楚，現在他明白了。這傢伙一直為無能為力所苦。居所遭奪，信賴崩解，被迫面對自己的無能，在沒辦法從這些事逃脫出來的情況下，一直一直在受苦。

而莫烏爾涅是很誠懇的一把劍，不斷實現主人的願望。為了奪回居所，為了讓擁有同一祈願的人心靈相通，為了這次一定要發揮出不會被奪走任何東西的力量持續進行運作。

不論是誰，原本都沒有打算要作惡。

大家都只是懷抱著再理所當然不過的小小心願。

「這世上沒有魔王。」

他想起在遙遠的過去，與姊姊和瑪格的對話。所謂的魔王，是在故事中擔任一切邪惡的原點與焦點的角色之名。

將魔王打倒，就等同於從舞臺上的世界去除掉所有憂患與災難。

當然，這是只存在虛構作品裡的劇情。在現實中，很難找到真正純粹的惡人。打倒某個人就能讓大家獲得幸福，如此順遂的現實世界也是不存在的。

就連身為萬物破壞者的〈獸〉，也不足以擔當這樣的角色。他知道了這一點。

「晚安，Vincula。你的使命就由我來繼承。」

他溫柔地擁抱那顆心。

在孤獨的戰役中誕生，持續藉由憎恨不和與不信而存在於世的精神，逐漸失去其意義。融合進行下去，雙方性質互融為一體。

†

他睜開眼睛。

眼前是一片是石造街景……過去曾是。

瓦礫、異形與屍體，還有用槍口對準他的士兵。昔日和平的科里拿第爾契市被刻上新傷痕的光景。

應該是因為〈第十四獸〉像現在這樣發生變質的緣故，分布在周圍的異形全都倒在地上，轉眼間便風化，變成黑粉崩解消散。與其交戰至今的人們，娜芙德、菈恩托露可與護翼軍的士兵——看來是趕來支援了——都看著他，像是發生了什麼事似的。也能隱隱約約感受到遠方傳來的居民視線。

在遠處也能看到卡格朗和那個帝國老嫗的身影。他們的神色看起來都是理解中帶了點憤恨，大概是已經預料到費奧多爾．傑斯曼的目標，以及他為達目的所採取的手段。看來至少是理解到不至於為此吃驚的程度。

（菈琪旭小姐……）

費奧多爾將視線從倒地的少女遺體上移開。他咬緊牙關，遏止住想要奔向她的衝動，並甩開腦海中浮現的那張溫柔笑靨。

（抱歉，請妳再稍等一下，我很快就會過去。）

他以道歉的形式對自己說道。

因為現在的他，還有必須做的事。

——這一切都是由一頭〈獸〉所引發的慘劇。

而那頭〈獸〉，目前正在費奧多爾的體內。

如果僅僅是「獸」引起的事態，那就是天災。天災雖然是禍害，但不是罪惡，即使打倒並非罪惡的東西，那不是善也不是正義。然而，若是變成某個惡人所搞的把戲……**能做到這樣的話**，那就另當別論了。與惡人戰鬥的人會成為正義，殺死惡人的人會成為英雄。

不先做好直到這一步的準備，正義的英雄這種人物是不會誕生的。

事到如今，他還在想，會不會有一條誰都不會犧牲的道路。

事到如今，他還在想，會不會有一個誰都不會哭泣的方法。

他知道那種東西是不存在的，至少誰都沒有時間去找出那樣的道路和方法。因此，每個人都希望得到目所能及的範圍內的事物，試圖保護觸手可及的範圍內的事物。即使哭泣，即使受傷，大家仍然執意依附著各自所珍視的事物活下去。

任何人都是如此。

所以，我也只會這麼做——

「哈——哈哈哈哈哈哈哈哈哈！」

一放聲大笑，胸口就痛得要命。雖然不出聲也很痛就是了。

骨頭恐怕已經斷了，而且斷掉的骨頭還刺穿某處的內臟。

要是鬆懈下來，感覺隨時都會咳嗽不止甚至吐血，然後直接倒在地上昏過去。不過，這樣是不行的。雖然非常吸引人，但他絕對不能往那方向逃避。

費奧多爾．傑斯曼是個小人物，他是成不了英雄也當不上勇者的奸險之徒。

而奸險之徒也有屬於自己的舞臺與表現機會，以及骨氣與尊嚴。

「到目前為止有勞妳們了，諸位妖精！妳們連被我利用了也不曉得！」

挺起胸膛，提高音量吧。

將真心藏到眼鏡後方去，你不是說過你很擅長演戲嗎？

帷幕升起。剩下的，唯有扮演好自己的角色直到最後了。

「我已經得到力量了！毀滅世界的〈十七獸〉的力量，而且還是兩種！」

他每一句臺詞都像是在做說明。因為必須讓不清楚情況的觀眾，也明白站在這裡的費奧多爾是什麼樣的人物。

「但是，死亡還不夠！悲嘆還不夠！無知的人們啊，回想起來吧，然後恐懼吧！懸浮大陸群並不是樂園，你們腳下的薄冰，如今被踩破了！在萬象的破壞者〈獸〉的力量面前，救難的英雄才不會出現——」

「——費奧多爾！」

有人說話……

伊格納雷歐的劍鋒打斷了費奧多爾的大笑。

「這是怎樣……你到底在說些什麼啊？」

聲音在顫抖著。她的表情扭曲得很怪異。

他想，她大概是想笑吧，可能想認為這是一場玩笑。

「就跟我說的一樣啊，妳理解得還真慢耶。」

他咯咯笑著，用無比邪惡的表情譏諷道。

「妳忘了嗎？我啊，可是懸浮大陸群的敵人。我是為了這個目的才加入護翼軍，為了這個目的才接近妳們，為了這個目的背叛護翼軍，為了這個目的飛到這座城市——」

「你騙人！」

「我才沒有騙人！」

這聲叫喊不需要演技，是擅自從口中迸出來的。

「這不是謊話，誰也不能否定！我……我一直——」

他停下話語，壓抑激動的情緒。

「……讓懸浮大陸群墜落，就是我最當初的目的。我沒說謊，如果妳懷疑，妳之後可以去問潘麗寶，她早就看穿這一點了。」

總之就是要凶狠。他這麼告訴自己，並加深裝出來的笑容。

「只差幾步就要達成了。如果沒有人妨礙我……我真的會說到做到。」

他誇張地搖了搖頭，用指尖點了點自己的胸口。

「要是不希望如此，就證明懸浮大陸群是有受到保護的……不可能輸給〈獸〉帶來的絕望，將這兩件事展現給我們看吧。」

過去，懷抱著〈嘆月的最初之獸〉的衝動的威廉・克梅修，作為強大的〈獸〉與妖精交戰過。透過那場戰鬥，讓差點被判斷為不需要的妖精再次證明了其價值。

同樣的事情，再做一次就好。費奧多爾是這個意思。

「為什麼……」

緹亞忒的聲音帶著哭腔。

「為什麼你會知道那種事啊！」

他不回答這個問題。費奧多爾張開雙手。

「問答結束了。差不多該做個了斷了吧，懸浮大陸群的守護者大人——」

†

他跟這個女孩子老是在針鋒相對。

不僅是語言上，他們也舉劍打過好幾次了。

他們對彼此沒有憎恨，也不是沒有相互理解，更非因為對方身上有東西是自己不惜做到這種地步也要奪取的。儘管如此，他們卻擋在雙方行走的道路上。

無論何時都在身邊，見證著彼此所朝向的未來。

簡直就像是並肩走在同一條道路上的旅人一般。

他很快就掌握了藤蔓的操作方法。

這或許還比活動手腳來得更加容易。現在比起說是自己身體的一部分，熟悉操縱這具身體的人融於自己體內，占了更大的比重。

「話說回來，有件事我一直沒機會告訴妳！」

問題在於，以藤蔓的速度沒辦法捕捉到緹亞忒的動作。也許是認為正面對打會很不利，只見少女大大地張開幻翼，切換成以迴避為主的戰術。費奧多爾沒有實際使用藤蔓與人戰鬥的經驗，而且看來〈獸〉也不具備累積經驗這種概念。

「你想說什麼？」

「妳的翅膀真的很漂亮耶！」

話。

「——你是白痴嗎？」

她不帶一絲羞怯地如此回應，讓費奧多爾有點受傷。不過，他確實也覺得自己說了蠢話。

但這也沒有辦法。要是現在不說的話，一定再也不會有機會告訴她了。

他判斷持久戰對自己不利。照理來說，對方是催發魔力來戰鬥，體力應該會消耗得很劇烈。然而，緹亞忒本來就無法使用足以成為負擔的魔力，因此不適用這條規則。而另一方面，費奧多爾是強行進行無理的精神融合，所剩時間並不多。現在記憶、自我、目的和意志都還很清楚，但他無法肯定一分鐘後，不對，是十秒後的自己也依然如此。

『已經不需要第三次的幫助了嗎？』

不知從哪傳來黑瑪瑙的聲音。

「——哦，剛才謝了，那叫作龍爛劫鼎是嗎？」

『你不必言謝，我可是有收代價的。』

「別撒那種拙劣的謊啦。我的身體之所以會垮掉，只是因為我使用超出身體負擔的力量所產生的反作用，你什麼也沒拿走。你提出三次的次數限制，並不是你捨不得，而是我對你的力量所能承受的極限，僅此而已。」

『……就算如此，我還是有收到代價。別轉移話題，你不使用我的力量了嗎？』

「這個嘛——」

他稍微想了一下。

「——已經不用了。要是我再繼續自取滅亡，各方面來說都會失去意義。」

『都走到這個地步了，結果不都差不多嗎？』

「不一樣喔，完全不一樣。」

他感到有點奇怪。這頭〈獸〉看似與自己心靈相通，卻意外地沒有了解到最根本的部分。

「所謂的大惡人，最後必須由英雄親手擊潰才行。」

緹亞忒抓住藤蔓軌道的間隙，用整個身體衝撞的方式進行突擊。

費奧多爾覺得這是一步壞棋。他為了應對這一擊，將藤蔓高高甩起，從伊格納雷歐的劍刃下方打過去，削弱緹亞忒的攻勢——

響起遠比想像中還要輕的金屬聲。

「……咦？」

緹亞忒放開的伊格納雷歐就這樣彈飛出去，在空中打轉著。

他忍不住看了過去。緹亞忒趁隙蹲低身體，撿起掉在地上的另外一把劍。那是瑟尼歐里斯，唯有被選中者才能使用的最強遺跡兵器。

「拜託了！」

緹亞忒祈求似的叫道，然後進一步催發更強的魔力。

彷彿要折斷劍一般，她用力握住瑟尼歐里斯的劍柄。

她的頭髮看上去瞬間倒豎了起來。

然而，沒有發生任何改變。緹亞忒的力量依舊達不到她所期望的高度。遺跡兵器瑟尼歐里斯，緹亞忒手中的那把劍保持著沉默。

一條藤蔓輕輕鬆鬆將其劍刃——僅僅是金屬塊的劍身擋了下來。

「……啊。」

瑟尼歐里斯只有菈琪旭能使用。幹勁、覺悟和激情都不足以引發奇蹟。這個理所當然的事實，在這種最後關頭也不會被顛覆。

在視野的一角，他看到菈恩托露可面露絕望的神色，把重心放低。她應該是在考慮要不要出手時，看到緹亞忒陷入危機，現在正準備衝過來吧。

（——真是不了解啊，學姊。）

費奧多爾拚命忍住想要笑出來的心情。

緹亞忒一直憧憬著珂朵莉·諾塔·瑟尼歐里斯，夢想有一天要成為那樣的妖精兵。接著——在這個夢想破滅後，她一度感到挫敗，覺得自己一路走來的這條道路是否全都是徒勞無功，後來又振作起來，選擇活下去。

自己無法使用瑟尼歐里斯。她早就接受了這個事實。在這樣的情況下，她靠自己的雙腳站起來繼續前行。因此——

「喝啊！」

她跳了起來。

將藤蔓和劍互相抵住的點作為支點，她藉由微量魔力來增幅腳力，高高地，並且更快速地躍起。嬌小的身體鑽進藤蔓的防禦間隙，將兩人的距離縮短為零。

如果不啟動遺跡兵器，便殺不了〈獸〉。但是，費奧多爾並不是變成〈獸〉，只是將其精神納進體中，所以他的身體不能相提並論。在幾乎緊貼著彼此的狀態下，緹亞忒握緊拳頭，打在墮鬼族單薄的胸膛上。

（看吧。）

他覺得這一瞬間的自己是笑著的。

少女的拳頭小且來得猛烈，費奧多爾的立足點和身體狀況都沒辦法讓他站穩在原地。

於是，在無法做到任何抵抗的情況下，他被往後打飛，連享受一瞬間的飄浮感的時間都沒有，後背就狠狠撞在瓦礫上。血與空氣的團塊從喉嚨中擠了出來。

「……咳哈……呼……」

費奧多爾全身麻痺，靠在瓦礫上無法動彈。

他等待幾秒，讓天旋地轉的視野平復下來。

首先清楚映入眼簾的，是瑟尼歐里斯的劍鋒就這樣直指著他，沒有絲毫動靜。他的視線循著劍身移動到握劍的手，不用說，當然是緹亞忒凜然站立的身影。

啊啊……妳真是帥氣啊。

「不給我最後一擊嗎？」

緹亞忒沒有回答。

眼前的瑟尼歐里斯開始微微晃動。他想這應該不是疲勞導致的錯覺。

「——真是沒辦法啊。」

他稍作思忖，決定妥協。重點在於藉由黃金妖精的——緹亞忒的手來擊敗危險的大惡人，以及讓大陸群的重要人物目睹這一切。剛才為止的對打已經達到了這個目的。任何人應該都很容易就能想像到，要是緹亞忒不在這裡會變成什麼樣的情況。

因此，他決定這樣就好。

背負著世上人們都容不下的事物，一個罪惡從此殞滅。這樣一來，世上的人們……就會比現在稍微幸福一點。

他的手碰到了某種東西。

「……咦？」

他扭動脖子，朝那邊看過去，只見橙髮少女渾身是血地倒在地上。那名少女的手維持著伸長的姿勢，而費奧多爾的手指便是碰到了她的手。

「啊啊——」

他的眼前再一次黯淡了下來。

這副肉體剩餘的生存時間快要耗盡了。

他握住菈琪旭的手。

那冰冷的手指感覺不到生命跡象。儘管如此，他卻覺得比任何東西都還要溫暖。

他將全副意識託付給那股溫暖，然後靜靜地閉上眼睛——

「費奧多……爾……？」

忽然間，他注意到了這個聲音。

他抬起眼皮，吃力地稍微轉動顫抖的眼球。

在模糊的視野角落，他認出了對方的身影。

「……啊……」

那是各處都具有類似貓的特徵的小女孩。

年紀應該十幾歲出頭，有著黑髮和琥珀色的眼眸。

雖然身體長大了些，而且似乎也會露出他沒看過的表情了，但確實是他認識的面孔。

那是五年前分別後，照理說永遠都見不到面的某個人的面孔——

——瑪……格？

曾是費奧多爾的事物看到了那個女孩。

那個女孩也用茫然的眼神，看著曾是費奧多爾的事物。

他們的視線纏繞在一起。

他想，這應該是夢吧，而且還是一種自我滿足的美好妄想。

如果是這樣的話也好。不管是夢還是現實，對現在的他來說都是一樣的。反正他又無法區分開來，也沒有區分的意義。

他的嘴唇擅自顫動起來。

顫動著，組織出類似聲響的東西。

——對不起。

——我沒有辦法……遵守當時的約定。

誰都沒有接收到，誰都沒有聽到的低喃，是他臨終前的話語。

所有的力量從指尖、眼睛開始消退。

於是，這一次。

曾是費奧多爾·傑斯曼的肉體，迎接了死亡。

4. 後來

風吹拂而過。

赤灰色的大劍被隨便扔在瓦礫上。

如果現在重新觀察那把劍，就會發現那只是單純的金屬塊而已。沒有纏繞著不祥的霧氣，也沒有飄盪著來歷不明的壓迫感，更沒有散布奇怪的金屬聲。

它理應是引起許多騷亂的魔劍，是奪走眾多生命的災禍。然而現在，遺跡兵器莫烏爾涅在最終成了一把普通的無主之劍，掉在那裡。

†

「費奧……多……爾……？」

瑪格莉特．麥迪西斯靠在一塊瓦礫上——在鮮血汙染整塊瓦礫的情況下，她踉踉蹌蹌地站了起來。

「怎麼……為什……麼……」

自稱死者，將理應已死的未婚夫的回憶都置於身後的少女。

儘管自己也深受重傷，依舊茫然地注視著眼前的景象。

†

緹亞忒·席巴·伊格納雷歐正在哭泣。

「騙子！騙子，騙子，你這個大騙子！」

白髮少年與橙髮少女在指尖互觸的距離下，倒在地上。

就這麼倒著，一動也不動。

即使跟他們說話也沒有答話聲；即使用力搖他們也得不到回應；不管捏臉頰、拍臉，還是做任何事，他們都不會再醒來了。

緹亞忒緊緊抱住兩人的身體，不知是眼淚還是鼻涕的東西糊了滿臉，她就這樣不停地哭著。

†

比魯爾巴盧恩霍姆隆恩家的別墅所化成的瓦礫堆，從底部開始崩塌。

堆積成山的壁材被推起來，出現食人鬼的身影。

「發生了……什麼事？」

她左手抬起瓦礫，右手拉著癱軟無力的單眼鬼。要支撐這種程度的重量似乎還是很吃不消，只見食人鬼……妮戈蘭的表情扭曲，額上浮現汗水。

「……啊。」

妮戈蘭隨手扔出右手的東西，也乾脆地放棄左手的支撐，狂奔而起。綠鬼族「哇啊啊啊」地發出慘叫聲，從地下衝了出來。短短一瞬過後，他們前一刻還待著的位置便掉下了瓦礫。

「很危險欸……真的是……噢……」

葛力克一臉尷尬地閉上原本要出聲抱怨的嘴巴。

他再次將手指放在吐出血塊的穆罕默達利的脖頸上，確認應該沒有生命危險之後，感嘆地搖了搖頭。單眼鬼的生命力非常頑強，就算心臟被貫穿，也能輕易地恢復完好。如果想要奪走他們的生命，不徹底破壞心臟或直接挖出來的話，根本想都別想。

既有命如此硬的生命，也有容易喪生的生命，懸浮大陸群……不，所謂的世界，本就是極為不合理也不公平。

「……就算這樣，也不該是從年輕人開始消失啊，是不是？」

他並未以誰為對象，逕自嘀咕著。

†

緹亞忒仍在哭泣。

在相擁而眠——看上去只是如此——的少年和少女旁邊，她像個小孩子一樣不斷哇哇大哭著。

娜芙德·卡羅·奧拉席翁站在緹亞忒背後，什麼話都說不出口。雖然她想要說些什麼，但想不到最關鍵的話語。

她自己那時候又是什麼樣的情況呢？

在她和現在的緹亞忒差不多大時，失去了朋友和其中一個朋友心儀的來歷不明之人。儘管她知道當事人似乎都完全接受了那樣的結局，她自己卻沒辦法接受。由於不能接受，所以她大鬧了一陣子。

到頭來其實就是這麼一回事——每個人都只會考慮自己的內心感受。要不要接受其他事物，只取決於自己的內心能否接納它。

他人的內心是他人的內心。衡量幸福這件事，除了本人以外誰也做不了，也不被允許，這種道理——緹亞忒也沒辦法接受。她跟當時的娜芙德一樣，後悔著沒能強加不同結局給其他人，遲遲無法釋懷。雖然腦中明白這只不過是愚蠢的任性，但情感上就是無法接受。

「…………」

娜芙德向緹亞忒的背伸出手。儘管她還沒想到應該說什麼，但總之想讓緹亞忒停止哭泣。她是這麼想的。

有人從旁制止她伸出的手。

不知為何，妮戈蘭——穿著破爛不堪的髒衣服——站在那裡。

「現在就讓她哭吧。」

「……也是。」

娜芙德輕輕地搖了搖頭……收回了手。

†

漸漸地——雨開始降下。

朱紅色的世界中，下起了冰冷的雨珠。

在感覺到背上翅膀愈來愈沉重的同時，納克斯·賽爾卓——前護翼軍所屬上等兵的鷹翼族（Falcon）情報販子回憶起了往事。

納克斯出生在九號懸浮島，靠近貴翼帝國的邊境。在那個以翅膀顏色來決定身份貴賤的國家，鷹翼族這支種族並不太受到善待。從懂事時起，他就在貧民窟的犯罪組織當小嘍嘍。由於他的腦筋動得快一些，便被指派去做祕密帳本之類的工作。後來，他獲得幹部的賞識，要他去接受教育，於是他進入八號島的大學就讀，並在那裡遇到了歐黛·岡達卡。

在組織因為種種原由瓦解後，他便開始當起自由情報販子，而且……

「我說啊。」

除了情報販子這個職業之外，他還從歐黛那裡承接了另一份長期工作。

「所以我可以當作那個工作已經結束了嗎？」

他拋出的問題沒有得到回答。

「加入護翼軍，接近費奧多爾，以朋友的身分監視他的一舉一動……妳吩咐的事我應該都順利完成了。雖然他好像有隱約察覺到，但妳本來就沒說過不可以被他發現吧。」

他淡淡說道。

「妳弟弟真的是個很可怕的傢伙耶，只有表面上待人有禮，扒掉外皮就變成最惡劣的搗蛋鬼。我一方面也是因為受妳之託，所以陪他涉險了好幾次，每次都以為自己這次真的死定了，不管是社會層面上還是物理層面上。」

她還是沒有回應。一股類似焦躁的情緒從納克斯內心深處油然而生。

「那傢伙非常拚命。我想，他本來就是屬於比較精明的類型吧，但光是這樣還不足以說明他的能力，他無論表面上還是背地裡都在到處奔走。昇到四等武官這種事，原本可不是要詭計之餘就能達成的啊——」

忽然間。

他發現歐黛的後背在微微顫抖。

「──我說。」

在問這個問題前，他有一瞬間的猶豫。

「妳該不會是在哭吧？」

「我才沒有哭。」

歐黛只答了這麼一句。

她的聲音也確實在顫抖，但沒有注意的話就察覺不到。

「……真的嗎？」

只要繞過去就能窺探到她的表情了吧。不過，他還是決定算了。

一粒雨滴從女人的眼角沿著白皙的臉頰滑下來，落到脖子上。

──墮鬼族的溫柔，不可能是真的。

這是歐黛的口頭禪。

每當她對別人露出甜美的表情時，只要納克斯指出這一點，她都會這麼說……也或許，那是歐黛在反覆如此告訴自己。

這大概是事實吧。在抹上謊言，一再說謊之間，反而迷失真正的事物，這是常有的事。他們那一族不適合與真實為伍。

因此，事到如今，納克斯才如此想道：

——或許，墮鬼族的冷酷也未必是真的。

5. 風停之後

在為這一連串事件善後時，陷入前所未有的膠著當中。

畢竟，沒有人能夠掌握整起事情的來龍去脈並加以說明。每個人都僅僅掌握住片段的情況，有的與事件有所關聯，有的受到傷害，只有結局是大家一起見證的。

護翼軍先將附近所有的相關人員都拘留起來，將其中需要治療的人統一送到施療院，從不需治療的人開始按順序詢問事情經過。

雖說是拘留，但待遇絕對不糟，護翼軍準備了還算乾淨整齊的暫住設施。也許是因為護翼軍明白這些人沒有要逃亡的企圖，又或者，護翼軍覺得一旦讓這些人萌生逃亡念頭，不管關在哪種監牢都沒有意義了。

距離當時經過了三十多個小時，幾乎所有的時間，緹亞忒都是呆呆地望著旅館的窗外度過的。

護翼軍司令總部，臨時醫療室。

「喲。」

「好久不見了，醫生。」

在過去五年期間，緹亞忒理應也長高了不少。儘管如此，時隔五年再次抬頭看著穆罕默達利．布隆頓，他果然還是很高大。

「緹亞忒小妹也認識瑪格小妹吧，她度過了危險期哦，聽說等她體力恢復後，才會向她詢問情況。」

「這……這樣啊。」

原來如此，那孩子平安無事啊。緹亞忒對此感到很高興。雖然瑪格莉特．麥迪西斯本人應該沒有察覺到，但緹亞忒個人對她抱著非常複雜的情感——在這樣的情況下，緹亞忒覺得她平安無事地活下來是最好的結果，這並不帶有扭曲的含義，而是她由衷如此認為。

「不過她相當消沉，應該要花上不少時間才能夠開口說話。」

她想也是。

費奧多爾和她之間的關係，緹亞忒知道得並不多。但是，緹亞忒很清楚那兩人在過去是兩情相悅的……而且那樣的戀慕至今仍未淡薄。

「菈琪旭和……費奧多爾呢？」

「哦……」

穆罕默達利看似難以啟齒地默不作聲。不過，他大概是判斷現在不該是用沉默來逃避的時候，便以沉重的語氣繼續說下去。

「他們兩人毫無疑問已經死了。照理來說，黃金妖精並不會留下屍體，但看來菈琪旭小妹已經變異為其他存在了。」

這時，他垂下頭，小聲地自言自語道：「就像珂朵莉小妹一樣。」

「所謂的變異是什麼意思？」

「嗯，應該很常聽到一句話吧，說孩子的未來具有無限可能性，只要期望的話，什麼事情都做得到；唯一做不到的，只有一直當個孩子而已。藉由模仿孩子來存在於世的黃金妖精，將這番話按字面意思具體呈現了出來——」

說到這裡，穆罕默達利閉上了嘴，在經過數秒的沉默後，他說了句「回到原本的話題吧」，明顯地轉移了話題。

「費奧多爾小弟也一樣。肉體本身雖然傷痕累累，但還沒有徹底壞死。儘管如此，內在卻完全被掏空了。」

內在。

「恐怕是與〈獸〉同步所導致的吧，他體內的一切精神活動都消失無蹤了。為防發生不測，他的遺體被施加嚴密的封印後，交由護翼軍來保管。」

封印後由護翼軍保管。也就是說，他不會被葬入墳墓或被食人鬼吃掉，而是連同棺材一起收進機密專用倉庫裡吧。

（……哼。）

直到前陣子都還在到處探聽軍方機密的他，如今自己也成了機密之一，真不知是否該說是諷刺。她想笑卻笑不出來，反倒是感覺眼淚要流出來了。心情與其說是五味雜陳，不如說是亂成一團。全都是那傢伙害的。

「醫生你自己的情況怎麼樣？我聽說你的心臟被開了一個大洞。」

「哦，嗯，那種程度的傷不成問題，今天早上就痊癒了。」

「……那種程度嗎？」

「我們這一族的優勢就是身體強健。不過，我可不要再來一次。」

身體強健。原來如此，那種超凡的生命力是用這句話就能帶過的嗎？

「愈是罪孽深重的人，就愈不會輕易死掉。我一直希望自己受到制裁，這種心情到現在也很強烈……但是，看來我還有必須做的事。」

讓先走一步的夥伴再多等我一會兒吧。他說完，悶聲笑了笑。

「那麼，緹亞忒小妹妳呢？」

「咦……我？我嗎？我沒有受傷呀。」

「我不是問這個。」

他沉重地搖了搖實際上應該真的很重的頭。

「妳失去了重要的朋友，心情上不要緊嗎？」

「啊……呃……」

緹亞忒搔了搔自己的臉頰。

「你在說什麼啦，醫生，我們可是妖精喔？我們不會厭惡死亡或對死別感到痛苦，不具備這樣的情感就是我們的優勢喔。」

「雖然我對那件事本身是抱持懷疑的態度，但重點不在那裡。妳們種族不是很了解愛是什麼東西嗎？」

…………………愛？

突然在說些什麼啊，這個詩人醫生。

「我指的不是只限於異性間的戀愛。我們內心都存在著會對人事物產生好感或執著的情感。既然如此，就算妳對死別本身沒有任何感覺，但若是對『再也見不到面』這件事感到悲傷也不是什麼奇怪的事。」

「這個……嗯，或許是這樣吧。」

緹亞忒含糊地答道，移開了目光。她不太想聊這個話題。

「比起這種事，對了，我差不多想回去三十八號懸浮島了，能不能批准我回去呢？我很擔心可蓉和潘麗寶，既然菈琪旭……姑且還有費奧多爾都不在了，我就得好好加油才行。」

「哦，關於這一點……」

背後的門開了。

「打擾了。」

隨著一聲不太容易聽清楚的大陸群公用語，只見一個體型不輸給單眼鬼的巨大爬蟲族(Reptrace)彎著身子鑽過門。

「——『灰岩皮(Limeskin)』先生？」

看到完全出乎意料的面孔，緹亞忒睜大了眼睛。

「灰岩皮」一等機甲武官。從前黃金妖精交戰的對手只有〈深潛的第六獸(Timere)〉時，他是負責指揮的人物。緹亞忒本身雖然沒有和他共同作戰的經驗，但在那之後的五年期間多少有些交流……應該說，在各種層面上（主要是政治方面）都承蒙了他的關照。

「唔嗯，向溼潤泥岩的西風致上感謝。久違了，嫩草的戰士啊，然後……」

「灰岩皮」對緹亞忒輕輕地點了點頭，接著目光轉向穆罕默達利。

「上回所談之事已經告訴她了嗎？」

「還沒有，應該說，我正好在思考必須說服她這件事。」

穆罕默達利一臉傷腦筋的表情。

「說服……接下來要說服我什麼事嗎？」

「嗯，是啊，有件事希望妳一定要接受。」

這是怎樣，好讓人在意。

「啊，不過在那之前，我有樣東西必須交給一等武官。」

穆罕默達利站起身，朝堆積著各種器材的醫療室深處走去。是什麼東西呢？緹亞忒偏過頭。

「——哦。」爬蟲族點了點頭。「莫烏爾涅啊。」

緹亞忒差點從椅子上摔下來。

「所……所謂的莫烏爾涅，是那個沒錯吧？這次一連串種種事的元凶？為什麼會放在這種地方……應該說，為什麼要放在醫療室裡呀？」

「當然要放在這裡啦，畢竟遺跡兵器是祕密兵器啊。」

穆罕默達利拿在手上的是裹著白色麻布，形狀像是棍子或木板的東西。簡單來說，就是引發話題的遺跡兵器莫烏爾涅。

「暫且不論卡格朗一等武官，目前在這裡的護翼軍士兵幾乎都不知道它的真面目和使用方法，也沒有專門的設施。既然如此，在交給了解遺跡兵器價值的武官前，應該由稍微懂一些內情的人代為保管。」

她想「哇啊」地喊出聲。

或許這番話的確有理，但這屬於那種她難以接受的道理。

「當然，如果再出了什麼事，這次就一定要破壞掉它了。不過，看來這把劍裡面已經什麼都沒有了，不管怎麼看都只是普通的遺跡兵器。雖然要馬上投入實戰可能還很困難，但只要找到適合的妖精，各方面——」

穆罕默達利正打算那個麻布包遞給「灰岩皮」。

就在這一瞬間，麻布鬆開了。

裡面的東西——遺跡兵器莫烏爾涅——眼看就要滑落下來。

緹亞忒迅速採取行動。她催發微量的魔力，伸出手握住在空中的莫烏爾涅的劍柄，連思考這代表什麼意思的時間都沒有。

「——噢，抱歉！謝謝妳！」

據說單眼鬼因為體格強健到異常的程度，所以對待刃具的方式很草率。原來這是真的。

「真是的，請你小心一點啦。」

她重新撿起麻布，將劍包起來後，正打算交給灰岩皮時……她注意到那個爬蟲族的眼神很嚴厲。

「……怎麼了嗎？」

她也循著灰岩皮的視線看過去。

那是莫烏爾涅的劍身。

當然，並不是直接將白刃用麻布裹起來。刃身被兩塊薄木板夾在其中，木板也有用強韌的繩子牢牢固定住。因此，沒辦法親眼看到劍身現在的模樣。

然而，有淡淡的赤灰色光芒。

從木板和繩子的間隙滿溢而出。

「……奇怪？」

這種現象意味著什麼，緹亞忒……緹亞忒・席巴・伊格納雷歐相當清楚。儘管她很清楚，但還是無法理解自己現在看到了什麼。

這是不可能，也不許發生的事。

——遺跡兵器莫烏爾涅是一把危險的劍。

——只要使用得當，它應該也能成為保護妳們妖精的最強兵器。

緹亞忒模糊地想起前幾天費奧多爾所說的話。

她在無法做任何思考的情況下，凝視著散發光芒……與自己的魔力產生反應，變成啟動狀態的莫烏爾涅。

「妖怪出現的故事」
-always in my heart-

——話說，這裡有一個小故事。

這個故事與後來在科里拿第爾契市展開的戰鬥沒有直接關係，到如今連記得的人都不在了，真的是一個很微不足道的小小民間故事。

距今十四年前。

始於三十三號懸浮島的一處角落，並且也已經結束。

在下著濛濛細雨的夜晚，一名少女走進了森林。

那是一個長得不太好看的年幼貓徵族。斑點毛皮上的毛參差不齊，色澤也不怎麼漂亮。她的手腳被泥土和煤煙弄髒，眼神毫無生氣。

那個少女踩著幽魂般的步伐，穿過森林朝深處走去。

當時的少女認為自己應該消失才對，這樣一來，所有事情都會變得順利，剩下的人都能充滿活力地過著幸福的生活。

有人告訴她，絕對不能進入夜晚的森林。

到了夜裡，森林深處會打開一條通往可怕暗黑國度的道路。從那裡出來的妖怪最喜歡吃小貓，一發現就會從頭部狠狠啃食掉。

當然，這不過是大人虛構的故事罷了，但對於聽故事的孩子們而言，那就是無庸置疑的事實。而對於現在正待在此地的這個孩子來說，那甚至是一種救贖。

要是進入夜晚的森林，就會被可怕的暗黑妖怪給吃掉。

如果被吃掉，就可以讓沒用到無藥可救的自己從世上徹底消失。

抱著如此強烈的肯定，醜陋的小貓在黑暗中邁步前進。

大多數貓徵族都具備夜視能力。

在雲朵的縫隙間，露出一輪大大膨起的皎白之月，還有稀疏的星星閃耀發光。這樣就得到了方便行走的亮光，並且，也只得到方便行走的亮光而已。她很快就迷了路，開始分不清自己正往哪個方向走，也不確定自己走到了哪裡。衣著輕便的手腳遭到漆黑的草叢毫不留情地割傷，痛癢交雜的不適感潛入毛皮底下。

儘管如此，少女還是繼續前進。

如果持續走在夜晚的森林，應該會遇到暗黑國度的妖怪。那個妖怪即使面對這樣的她，也一定會津津有味地吃掉。她如此相信著，繼續走下去。

在森林深處，有一片小小的白色花田。

妖怪確實就在那裡。

那個妖怪的外型是皮膚光滑的幼童。

在妖怪的周遭，飄著許多朦朧的淡綠色磷光。

而且，這個妖怪發出難以想像是出自那小小身軀的大哭聲。至於其中帶著什麼樣的情感，無法從哭喊中窺知一二，只有那股爆發力直接傳了過來。

（……這孩子……）

當然了，這是妖怪，亦即常識無法通用的存在。雖然看起來幼小無力，但搞不好是一種擬態，把自己的爪牙藏起來，等小貓放下戒心走過來後，再一口吞下。

因此，少女的內心一開始充滿了恐懼。

很快地，恐懼就被困惑所取代了。

在那裡的是個年幼的孩子，一看就知道是其他種族，而且還具有無徵種的樣貌，那是剛出生沒多久的無力的存在——至少看起來是如此。

「…………」

在少女愣愣地望著時，那孩子也依然哭個不停。

那孩子不斷用力地散播激動的情緒，令人難以想像這種程度的能量到底藏在何處。

她覺得現在散播在眼前的是憤怒。雖然不知道是針對著什麼，也不曉得原因，但總而言之，她感覺到無處宣洩的怒火滿溢了出來。

而與此同時，她察覺到其中似乎有什麼東西不太一樣。

在愣愣地看著孩子的身影之間，少女內心的困惑又轉變為不同的東西。

「——噯。」

少女朝花田裡面踏出腳步。

「怎麼了？什麼東西這麼惹妳討厭？」

她接近並伸出了手。

然後被咬了。

毛皮被咬破，鮮血滲了出來，但少女笑了笑。

「不要緊，我就在這裡喔。」

她向孩子出聲。她也不知道自己為什麼會說出這樣的話語。

少女想起了自己的弟弟。

她的弟弟出生後活不到一個月，在他還是個一無所知的嬰兒時，就必須離開這個世界。

身為姊姊，她有很多想為弟弟做的事。為了唸繪本給他聽，她學了文字；為了唱搖籃曲給他聽，她練了唱歌；為了分他零食，她訓練自己忍耐不吃甜食。然而，在她什麼都還沒做到的時候，弟弟就遭到野狗襲擊身亡了。

少女認定這是自己的錯。其實事發當時她不在家，而且就算她剛好在場，也只是徒增犧牲者罷了，但她沒有想到這些道理。她沒能保護好想要守護的對象，唯有這個事實重重地壓在她的心頭上。並且——恐怕是沒有那種心力——周遭的大人都沒有對這個被逼入絕境的少女說一句「不是妳的錯」。

少女理應會成為一個出色的姊姊，她原本是如此打算的。但是，她沒能成為姊姊。因此，她認為自己應該消失。

百般鑽牛角尖之下，她便踏進了森林的深處——事情本來是這樣才對。

這是一場既艱辛、激烈又漫長的戰鬥。

無論是抱著、哄著、唱搖籃曲還是扮鬼臉，那孩子都沒有停止哭叫的跡象，她還被孩子又咬又抓的。雖然獸人相較於其他種族更耐得住疼痛，再說還有毛皮在，肌膚也很強壯，但嬰兒用盡全力的攻擊是不會有絲毫留情的。她痛得很想使勁把孩子扔出去，但還是眼角泛淚地忍住了。

而最終，由少女取得這場戰鬥的勝利。

那孩子筋疲力盡地閉上嘴，夜晚的森林恢復了原有的寧靜。

「晚安。」

窺探著孩子的臉，她微微地笑了。那孩子彷彿現在才終於發現少女的存在似的，露出了茫然的表情。

少女認為這是一個好機會，現在正是拿出王牌解除這個孩子的警戒心的時候。

她摘下腳邊的一朵花，三兩下把花莖做成草笛，然後貼上嘴巴，往裡面吹氣。

噗。嗶……噗啊。

發出了很蠢的聲音。

她才剛覺得自己失敗沒多久，就看到那孩子宛如盯上獵物的猛禽，眼中寄宿著好奇心強烈的光采。

按一般的說法，只有心靈純淨的孩子才能夠發現妖精。但是，根據近年來的死靈術理論，這似乎不是正確的分析。

據說，妖精本來就是「非實際存在」的東西。看見實際上不存在的東西，換句話說就是錯覺。而所謂的錯覺，就是只存在於自己內心的東西，卻當作也存在外面的世界一樣。

這是一種投影現象，濃霧映照出了自己的影子。

讓妖精開始以獨立個體的身份存在於世的，就是某個人的錯覺。

也就是說，能看見妖精的，只有能夠從自己的內心賦予妖精最初樣貌的人而已。心靈純淨的孩子才能發現的一般說法，也不過是因為那些孩子裡有許多滿足上述條件的人——等等諸如此類，死靈術的理論是這麼說的。

所謂的學問，總是因過度追求正確的表現方式，導致措辭變得艱澀難懂。用簡單易懂的方法來說明，就會是這樣的感覺。

只有與自己相似的人出現時，妖精才會讓對方發現自己。

或者，應該也可以換成這樣的說法。

只有在自己想要成為的那種人面前，妖精才會現身。

自從對少女產生興趣以後，那孩子的態度完全驟變。

少女唱搖籃曲時，她會興趣濃厚地仔細聆聽，然後也學著唱了起來；少女重做草笛給她後，她全力吹入空氣，結果草笛就發出噗嗶一聲破裂了；只有做花冠給她時被嫌棄了，她一臉厭煩地推掉了花冠。

重新審視一遍——她看起來是普通的無徵種嬰兒。然而，聽說沒有毛皮保護的無徵種大多很脆弱，她卻能赤裸著身體獨自待在這種森林裡，光從這一點來看，她應該不是尋常的生物。

因此，這孩子果然是妖怪。

是那種會把小貓從頭部大口咬掉的生物。

說不定也有可能是無徵種中的特例，據說相當頑強的食人鬼之類……不過這樣的話，就跟妖怪型的生物，那種從頭部大口咬下的生物沒有區別了吧。嗯。

——布萊頓的市場，在北方的盡頭。越過白色的岩壁，就在那一端——

她把為了弟弟而練習的搖籃曲唱給她聽。

看著那孩子啦啦啦地努力學著搖籃曲的模樣，她便覺得這部分的問題怎樣都無所謂了。

時光流逝。

每當接近清晨時分，少女就回到村子，到了夜晚又進入森林，前往有妖怪等待的花田。往返很簡單，彷彿最初那一晚的辛苦都是騙人的一樣。那孩子在花田裡睡得很香甜，只要少女一接近就會立刻醒來，繼續纏著少女教她玩新的遊戲。

故事的轉折點在幾天後來臨了。

少女的父親對她的態度變化起了疑心，他尾隨女兒的腳步進入森林，發現了花田，並且察覺到在那裡的存在就是所謂的妖精。

妖精一般被視為危險的存在。人們認為她們會變成搖曳的光芒，迷惑孩子將其引誘到危險的地方，或者讓看上的嬰兒生病、盜走壺中的蜂蜜、讓牛乳產出的狀況變差等等。實際上，這些說法幾乎都不是什麼迷信，而是確實有可能發生的事——妖精本來就不會區別善惡，她們的行動都是受到好奇心與心血來潮的驅使。

因此，村裡的大人揮舞著火把逼近花田。這名妖精幼子被當作給村裡帶來許多不幸，現在又迷惑少女打算取走其性命——至少在大人眼中是如此——的妖怪，眾人面露敵意將她包圍了起來。

其中一個大人知道妖精是死靈的一種，但也對此有所誤解，認為在沒有準備的情況下接觸死靈可能會有危險。所以，為了驅除妖精，裝飾在村長家的銀製小刀被拿出來，煞有其事地用清水洗淨後，交到了少女父親的手上。

「不行——！」

就在千鈞一髮之際，少女衝了過來，張開雙臂擋在那裡。

大人並未感到驚訝，而是冷靜地想著這個孩子已經被迷惑心智了，她中了奇怪的妖術導致分不清世事道理。於是，大人便規勸她：妳只是把亡弟的身影和這個怪物重疊了起來而已，醒醒吧，死去的人已經不在這世上了。

少女支支吾吾說不出話。大人所說的話至少並不是完全判斷錯誤。原本想給弟弟的東西，她給予這個妖精作為代替；沒能教給弟弟的事物，她就教給這個妖精作為代替，透過這樣的行為來掩蓋喪親之痛。這是少女無從否認的事實。

不過，這也不是全部的事實。

「我知道。這孩子不是我的弟弟，也不能代替他。」

聽到她的回答，大人放心了。這個少女是了解現實的，既然如此，她應該會老實聽從他們所說的話。

於是，他們催促少女立刻遠離妖精，然而——

「但是她對我笑了！和我一起玩耍了！或許她可能是你們說的妖精，但就算這樣，她也不是什麼壞妖精！」

少女毅然決然地抬起頭，帶著滿臉淚水斬釘截鐵地說道。

「她是我最重要的朋友！」

不知道處於騷亂中心的妖精幼子究竟理解了多少狀況，只見她用呆呆的表情望著少女的背影。

到頭來，少女和妖精在那之後還是立刻被拆散了。

雖然很罕見，但有時候會在極近的地方連續出現妖精，當時的情況也正是如此，離這裡稍遠的城鎮附近誕生了另一名妖精。為了將其捕獲，護翼軍的咒術師來到了三十三號懸浮島。

咒術師說服了少女。妖精本來就是何時消失也不足為奇的虛幻存在，如果希望妖精能活得久一點，除了託付給具備那種技術的軍方以外別無他法。於是，在經過百般苦惱後，少女還是接受了。

當然，要說奢望的話，她想要跟那孩子在一起，兩人一同度過更長的時光。但是，並不是只有這樣才是朋友的應有形式。

就算往後的人生再也見不到面，就算她再也無法親眼看到那張笑臉，只要她能夠相信這孩子在某處朝氣蓬勃地活著，能讓她如此相信的話，那麼她就可以接受。

「妳要好好保重喔，還有——」

離別之際，少女緊握著妖精的小手獻上贈言。

不用說，她當然不捨到想哭，但還是自然地露出了笑容。

「——雖然時間很短，不過謝謝妳陪在我身邊喲。」

護翼軍的搜捕咒術師所捕捉的妖精，會被送進六十八號懸浮島的妖精收容設施，並在那裡被賦予個別的名字。

對妖精而言，名字是很特別的東西。她們本來就不具備嚴格意義上的肉體，自我的維持直接等同於存在的維持，而名字是能夠將這份自我以獨一無二的個體保持下來的重要標籤。因此，她們必須擁有一個不與過去其他妖精重複，更能象徵靈魂本質的名字。

與少女分別半個月左右之後。

那名幼小的妖精被賦予了名字，叫作菈琪旭。

†

現代，六十八號懸浮島，妖精倉庫。

「優蒂亞？」

她喊了名字後，探頭往房間裡窺看。沒有人回應。

不出所料，房間的主人趴在桌子上，發出熟睡的平穩呼吸聲。寫到一半的日記上大肆流淌著口水。太不像話了。

「……真是的。」

如果只是打瞌睡，把她搖醒即可；如果是累到睡著，就應該把她搬到床上。但是，她的情況並不屬於這兩者。阿爾蜜塔——這名妖精少女很清楚這一點。就算搖她，她也不會醒來，而且也不是必須把她搬到床上的深度睡眠。

這種情況，沒錯，猶如迷失在寧靜的夢裡一般。

找到歸途就能醒來，而若找不到的話，便不會再醒來。阿爾蜜塔知道是屬於這一類的睡眠。她非常清楚、熟知這一點。

儘管如此，今天的優蒂亞應該也還沒有陷入那樣的危險中。

只是有點頑固的瞌睡罷了。

「妳這樣會感冒喲。」

阿爾蜜塔將毛毯拿過來，輕輕地披在她的肩上。

妖精倉庫裡住著一群年幼的妖精少女。

阿爾蜜塔是其中最年長的妖精之一，今年十歲，而優蒂亞也一樣。

比她們更年長的妖精現在都出了遠門，不知道何時才能回來。

她抱著洗好的衣物，挑戰妖精倉庫頂樓的曬衣架。

強風吹來，她僵住了身體。

阿爾蜜塔很怕高，因為她小時候曾經從這種地方掉下來，讓像是嚴格的姊姊的妖精兵學姊露出悲傷的表情。她不怎麼在意自己受傷或崩壞——妖精皆是如此——但一想起學姊當時的表情，不知該怎麼形容，就是會有一點難受。

為了轉移恐懼感，她悄悄地小聲唱起了歌。這是在她們更小的時候，妖精學姊經常唱的搖籃曲。

「喂～我東西買回來嘍～」

傳來悠哉的男人嗓音，阿爾蜜塔停止唱歌。

她一邊與欄杆保持距離，一邊往下看去。只見一個瘦弱的馬臉軍人揹著大麻袋站在玄關前。

「歡迎回來！呃，麻煩你搬到廚房那邊去！容易腐敗的東西放在桌上！我今天晚上就會用掉！」

「哦……」

沒有精神的回答。成年男人削瘦的肩膀無精打采地垂下來。

「請你振作一點，管理員。管理這個地方不是你的工作嗎？」

「我是聽說軍方的管理員可以什麼都不做，必要的業務全都是由商會那邊的管理員來完成，才接下這份工作的呀。」

「可是，妮戈蘭姊姊不是拜託你看家，你也答應了嗎？」

「是啊……」男人不知為何眼神像在看遠方。「……那時候，我好像看見了在燉菜鍋裡燉煮的自己，那種體驗我不想再經歷第二次了。」

這個人總說些令人摸不著頭緒的話啊。阿爾蜜塔心想。

身為「商會那邊的管理員」的妮戈蘭目前不在這間妖精倉庫裡。

妖精學姊也因為各自的理由而全部離開了。

這個靠不住的四等武官，本來覺得這份職務只是一個頭銜，什麼也不想做——不僅如此，他還打算到遠離這裡的懸浮島上，租一間公寓過著悠哉的生活——而他是現在妖精倉庫裡最年長的唯一一個大人。

也就是說，她們這一代必須好好振作才行。

「再說，我又不是自己想當軍人的……」

儘管嘴上說著很不情不願的話，男人還是抱著貨物動了起來。阿爾蜜塔一邊將粗暴的開門聲當作耳邊風，一邊重新面對自己的工作——洗好的衣物，而就在此時……

「喲。」

她發現剛才看到的睡臉的主人爬上了樓梯。

「咦，優蒂亞，妳已經睡醒了啊？」

「嗯，總覺得今天睡得比較少。是說我肚子餓了，有沒有什麼吃的——」

不等她說完。

「太好了。那麼，就麻煩妳幫我曬一半的衣物吧。」

阿爾蜜塔笑著將其中一個竹籃推給她。

優蒂亞「唔呃」地發出似乎很抗拒的聲音。

「曬完這些衣物後，我會烤點東西給妳吃的。剛才軍人先生買了很多東西回來。」

「呿～」

雖然嘴裡嘟囔著牢騷和抱怨，優蒂亞還是聽話地把手伸進竹籠裡，拉出一件濕襯衫。

優蒂亞唱起了歌。

——布萊頓的市場，在北方的盡頭。越過白色的岩壁，就在那一端——

阿爾蜜塔在心中「啊」了一聲。

這孩子也和阿爾蜜塔一樣——應該說是從模仿阿爾蜜塔開始的——有在高處唱歌的習慣。她不像阿爾蜜塔需要轉移對於高處的恐懼，只是單純在享受唱歌的樂趣。順帶一提，她唱得非常好。

歌曲與剛才阿爾蜜塔唱的是同一首。這是菈琪旭學姊常常唱給她們聽的無名歌曲，旋律很溫柔。

——穿過七道門，向七個守門人獻上供品——

阿爾蜜塔心不在焉地聽著優蒂亞的歌聲，心中思考著她們的事。

妖精並非單純是有著年幼少女外型的生物。從她們的存在形式來看，她們似乎是被束縛在**幼童**這個概念中的存在。

孩子會長大，遲早會變得不再是孩子。隨著年齡的增長，不再是「幼童」的妖精會沒辦法再繼續存在於世上。睡眠時間變多，她們會沉入夢境，就這樣在幻象中溶解消散……據說是這樣。

有辦法可以避免這種情況。那就是經過適當的調整，成為與妖精的存在形式有些許不同的「成體妖精兵」。學姊至今還沒有消失，就是這個緣故。

而她們之所以瀕臨消失的危機，是因為幾年前讓可蓉學姊做完調整後，護翼軍便不再執行這種調整。妮戈蘭現在應該正在另一片遙遠的天空下，努力地進行這部分的直接交涉才對——

「啊……」

忽然。

有一瞬間，她的意識遠去了。她搖晃著差點當場倒下時，旁邊伸來一隻手扶住她。

「好險啊。」

「……唔，謝謝妳，優蒂亞。」

「就叫妳別太勉強自己了啦。比起我和瑪夏，阿爾蜜塔妳的症狀更嚴重耶。」

「話是這麼說沒錯。」

最近，阿爾蜜塔能夠醒著的時間已經不到一天的一半了。

不過正因如此，她才不得不振作起來。就算身體不能長大，就算這一點已經無法改變，那也沒有關係。因為，如今這裡沒有可以依靠的大人——幾乎沒有。最喜歡的學姊現在依然在遠方的天空下奮鬥，她要連同學姊的份一起努力。待在這裡的她們必須稍稍加把勁不可。

「謝謝妳的擔心，不過，還是得勉強自己一點呀。」

她輕輕握住優蒂亞扶著她的肩膀的手，然後拿下來。

「現在的我們，一定要做到像緹亞忒學姊她們那樣才行——」

†

這裡是夢境。

夢裡有一片廣闊的花田，五顏六色的花卉相依綻放。

兩個少女開心地笑著。

（……她們是誰來著？）

其中一個少女注意到他，便招了招手。

由於他沒有拒絕的理由，就直接走了過去，在她們的催促之下坐了下來。

其中一個少女——橙色頭髮的女孩把花冠戴在他頭上。另一個草色頭髮的少女吃吃竊笑著。他看起來有那麼滑稽嗎？

「沒有，恰好相反喔，不僅非常適合你，還怪可愛的，所以我覺得很有趣。」

這應該是在稱讚他吧。但是，聽到很適合戴花冠、很可愛這種話，身為一個男人實在心情有點復雜。

「就……就是說啊，對不起。」

橙色少女連忙想取下花冠——但被他阻止了。雖然被說成可愛讓他感到很複雜，但一碼歸一碼，既然很適合，他也沒必要拒絕。

「是這樣嗎……對不起。」

不需要為了這種事一直道歉吧。

「並不是只有這個花冠的事……我們給你添了很多麻煩。」

這種事沒什麼好放在心上的。

儘管他想不起來是指什麼事，但反正不管什麼事，他都只會按自己的意思去做。自願做的事還去追究其他人的責任是不合理的。所以，她應該沒有必要道歉，雖然他還是想不起來是什麼事就是了。

「這理由是怎樣，真有你的風格。」

嫩草色少女「啊哈哈」地笑了。他明明沒有要搞笑的意思。

強風吹過。

青草隨風搖擺，斷掉飛起的花瓣化為七彩暴風雪在周圍飛舞。

「——我們差不多該走了。」

「是呀。」

少女們站了起來。

他不希望她們去任何地方。

如果在這裡分別，感覺就再也見不到她們兩人了。

「不行喔，我們只是一場夢而已。」

「有一點長，讓人感到非常幸福，並且遲早會醒來。就是這樣的夢。」

他不想認同那種事。如果說這是一場夢，他寧願再也不要醒來，就這樣永遠地假寐下去。他是這麼想的。

「真是的，就算你重新展開追求，事到如今也什麼都得不到喔？」

「追……追求？是……是這樣嗎？」

「想與永遠的摯愛一起殉情，簡單來說就是這樣吧。」

「是……是嗎？」

橙色少女嘿嘿一笑，顯而易見地陶醉在其中了。草色少女說著「哎呀，這孩子真是的」並聳了聳肩。

「——在最後，我想向你道謝。」

少女稍微收斂起陶醉的表情，儘管如此，在臉上還留有半分陶醉的情況下，她深深地鞠了躬。

「我真的很高興。即使我崩壞後，你也沒有捨棄我，還認同了我的價值，對我很珍惜，為我傾注了愛情……讓我得到幸福。」

她們兩人的樣貌開始模糊。

他已經搞不清楚現在是哪一邊在說話，自己在聽哪一個少女的話語了。

——不是的，我才沒有讓妳們獲得幸福。

他想要吶喊，但發不出聲音。身體突然忘記了發聲的方法。

——妳們並不幸福。真正的幸福，是我今後……

「真的很謝謝你，還有……」

他想要挽留，但手碰不到她們。他已經沒有可以伸出去的手了。

她們兩人轉身，同時背對著他奔跑而去。

「…………」

少女們最後留下的話語遙遠而細微，聽不出話語的含義。

不知不覺中，兩人的背影融合為一體，變成一個少女逐漸遠去——

然後，再也看不見。

突然間。

花田消失了。

在開始西沉的夕陽照耀下，舉目所見盡是凋零衰殘的荒野中，只餘下一人。

啊啊——不過，他想這是當然的。因為有那個少女在，這裡才會是花田，所以如果那個少女不在了，這裡就會恢復成原本應有的模樣。

這裡不存在任何有價值的事物。在她離開的現在，已經什麼都沒有了。

『……喂。』

有人喊了他。

他轉過頭。理應空無一物的大地上，有形狀奇怪的水晶塊掉在那裡。

那個水晶塊一邊膨脹、裂開、彎曲、扭轉，一邊改變形狀。最後穩定下來時，便看到它長出雙手雙腳，簡單來說，那形狀勉強稱得上有點像人。

如果不用鑿子，只用錘子粗略地把石材敲碎做成雕像，或許就會是這樣的感覺……他心不在焉地想著這種事。

『你不想回去嗎？你還有牽掛吧？』

那傢伙不知為何客氣地詢問道。

──不想。

連思考都不需要，答案只有一個。儘管想不起理由，但他唯一知道的是，他該回的只有一句話。

──故鄉墜落了，工作也捨棄了，是要我回哪裡去啊？

水晶塊彷彿陷入沉思似的安靜下來。

──幹麼啊？

『沒什麼。』那傢伙的肩膀微微晃動，像是在笑。『只是覺得很有趣。』

──哪裡有趣？

『你只是不想回去而已吧？或者應該說，你想如此認定。』

——別說得一副很懂的樣子。不就是塊石頭罷了，能懂什麼。

『我很清楚喔。威廉那傢伙……我的半身他啊，對於這種傢伙早看到不想再看了。而我呢，對於別人展現的這份逞強，也已經看到膩了——』

一瞬間。

猶如被吹熄一般，所有的光都消失了。

晚霞、地平線、旁邊的水晶塊，所有東西都看不到。

「……喂？」

即使發出聲音也沒有回應，甚至連氣息也沒有。

在完全的黑暗之中，獨自一人待著。

——不想回去……嗎。

他模模糊糊地回憶最後的對話。

——少亂扯了，我怎麼可能有那種權利啊。

一邊想著這種事，他一邊打了個呵欠。

雖然許許多多的牽掛一直縈繞在心中，揮之不去。

儘管如此，**少年**還是靜靜地閉上雙眼——彷彿受到強大的力量拉扯似的，墜入空無一物的黑暗之中，不斷地往下，再往下，永無止境。

†

打開窗戶，仰望夜空。

感覺好像有人叫了她的名字。

那是過去被賦予自己這個人格的名字。仔細想想，現在這時代應該沒有人會用那個名字稱呼自己。

「呀哈哈，連我自己都覺得這是一種很老成的感慨啊。」

自言自語的同時，艾瑟雅……現在擁有艾瑟雅．麥傑．瓦爾卡里斯之名的少女，硬逼自己笑了笑。

然後，那個笑容馬上就消失了。這裡沒有任何需要用虛假的笑容來應對的人。而艾瑟雅實在很不擅長對自己說謊。

「哦。」

她看見一顆星星——墜落了下來。

雖然還不到司空見慣的程度，但也不是什麼稀奇的景象。

在無雲的春季夜空中，偶爾也會看到這樣的景象，沒有理由特別重視剛才那一道流星。儘管如此——

「……愛洛瓦？」

不知為何，她脫口唸出了這個名字。

這是很久遠以前的名字，是理應已不存在這世上的人的名字，是她再也無法相見，也無法為其祈求幸福的對象的名字。所以，艾瑟雅，現在成為艾瑟雅的這個少女感到很困惑。為什麼如今腦海裡會浮現出這個名字呢？

就算細思，也不懂箇中原由。

儘管她想不通——但不知怎地，她心中並沒有湧上對此感到古怪的感覺。

她似乎聽見了愛洛瓦的聲音，感覺她喊了自己的名字。

那聲音沒有帶著憤怒、憎恨、絕望、抗拒的情緒，而是親愛之情……而且包含了些許歉意。

這是令人非常高興的事。

三十八號懸浮島的戰況完全沒有往好的方向發展。至今尚未找到能夠對〈第十一獸〉造成致命一擊的方法，只有時間不斷流逝而去。尋找策略的餘裕遲早會耗盡，到時候就必須思考該如何將保留起來的底牌打出去了。

可能也會變成她要憑自己的意志，來做出捨棄學妹的決定吧。

當時的**自己**和**她**，夢想著要改變未來。而眼下的今日光景和當時所描繪的明日光景，兩者實在相差甚遠。

但是，儘管如此。

「我並沒有忘記喔。我和……妳的夢想。」

她不是以艾瑟雅·麥傑·瓦爾卡里斯的身分。

而是以寄宿於其中，理應在過去消亡的一名黃金妖精的身分。

少女對著星空拋出這句話。

一道淚水沿著她的臉頰滑落。

「——冷起來了呢。」

她的身體微微顫抖，穿著一件睡衣沐浴在春季夜風之中還是有點冷。雖然她想再多看一會兒星星，但還是打消念頭並關上窗戶——

「呀啊啊啊啊啊！」

忽然響起一道尖叫聲，她伸出的手停了下來。

「怎……怎麼了？」

雖然並不是在回應她不禁脫口問出的這個問題，不過尖叫聲仍在持續。

「有……有妖……有妖怪啊啊啊啊！」

……妖怪？

她蹙起眉頭，搞不懂狀況。也許是因為距離的緣故，她認不出那是誰的聲音——只知道是年輕女性的聲音，但似乎不是可蓉也不是潘麗寶（還有莉艾兒）。

聲音聽起來是從西邊傳來的。那邊是一片深邃茂密的森林，感覺真的會跑出什麼東西來。而在那座森林的另一端，有第一至第三兵器庫並列在那裡——

「……唔嗯。」

艾瑟雅不怎麼喜歡靈異故事。原因在於，雖然也沒有到討厭的地步，但只要一想到自己是妖精——妖怪的一種，就實在是沒辦法有恐怖的感覺。就算有人再怎麼說自己看見了妖怪，她只會覺得對方是把枯木或其他東西看成妖怪，而且也不會想把話題延續下去。

但是，這次不同。

「總覺得，有種不妙的預感啊……」

艾瑟雅在睡衣外披上一件較薄的針織外套，並解開輪椅的煞車裝置。

後記／偽裝成後記的不同事物

曾經有個憧憬的背影，想要成為那樣的人，但自己也知道這是不可能實現的願望。因此，只能透過自己做得到的方式，不斷累積自己做得到的事。於是，她，還有他，僅憑藉著自己得到的力量，站上了自己選擇的戰場──

讓各位久等了！以這樣的感覺為大家獻上《末日時在做什麼？能不能再見一面？》第六集，同時也是科里拿第爾契市騷亂的完結篇。

由於是完結篇，當然是集至今為止的章節之大成者。這系列已經出版的集數自然不必說，如果可以，也建議大家將上個系列已經出版的集數從頭到尾溫習過一遍後，再來閱讀這一集。

考慮到沒看過正文就先看這裡的人，要我久違地寫一段劇透的話，就是自稱魔王的黑衣人在放聲大笑……我沒有騙人喔。嗯。

話說回來，我最喜歡設定了。

正確來說，我不是喜歡設定本身，而是喜歡透過設定看到的歷史和劇本。忘了是什麼時候，我曾在其他後記中寫下「我喜歡能讓人有所發現的故事」，就是這種說法的衍生變化。如果○○是△△的話，那□□不就是××嗎……之類的，愈是推測，就愈能感受到這個世界和故事的深度。我因為實在太喜歡了，所以經常會進行其他故事的設定考察，弄得自己白天都睡不著覺。

然後，我想大部分的讀者都知道，這個《末日（略）》系列是反映出不少我個人興趣的作品。其中存在著大量的設定，這些設定的背後還備有更龐大的歷史。

不過，基本上，如此大量的設定在正文中只有說明到一小部分而已。即使有個故事必須準備一百個設定才寫得出來，但實際享受這個故事時，應該事先知道的設定只會占極小的一部分，甚至可能不到十個。說起來，如果把大陸群憲章的全文，以及以科里拿第爾契市為舞臺的知名映像晶石作品的名單，還有地表滅亡時代的準勇者名單等設定一一寫進正文，不管有多少頁都不夠用。而且想當然的，要是讓正文的節奏和氣氛都受到極大損害的話，簡直是本末倒置至極。

話雖如此，這次後記的題材——啊，不對，說錯了——後記的頁數似乎給得比較多，我想說正好，決定在這裡稍微列舉一些設定看看。要寫什麼好呢。就寫那個吧。

【妖精倉庫中主要遺跡兵器之設定（節選可公開範圍的一部分）】

●瑟尼歐里斯（作品中使用者：尼爾斯、黎拉、珂朵莉、菈琪旭）

沒有被賦予規格。極位古聖劍之一。在現存可控制的遺跡兵器裡擁有最強的力量。即使在人族和黃金妖精中，也只有具備非常特殊素質的極少數人才有辦法使用。是收集四十一種微小的祈願後，再統合成劍的形狀。異稟是「強制將對手變成死者」，是一把強得不得了的劍。

●穆爾斯姆奧雷亞（作品中使用者：愛洛瓦）

規格S。雖然可以實現有限的不死之身，但由於是有限的，所以終究還是會死。除了做好「即使在這場戰鬥中燃燒殆盡也無所謂」這種覺悟的人以外，沒有其他用途。不過，就算撇開這個能力不提，基礎規格依然很高，是一把厲害的劍。

●瓦爾卡里斯（作品中使用者：艾瑟雅）

規格S。儘管這把劍沒有強大的異稟，但整體來說規格很高，是一把優秀的劍，而且沒有什麼缺點。換句話說，這單純是一把超強的劍。

●狄斯佩拉提歐（作品中使用者：娜芙德、珂朵莉）

規格A。異稟是「同族弒殺」，除此之外的用途幾乎無法使用。不過，對付與人族相近的生物（例如鬼族）具有還不錯的效果，對付內在是人類的〈獸〉更是效果奇佳。也就是說，在與〈獸〉戰鬥時，這純粹是非常厲害的一把劍，能夠大放異彩。

四三七年十二月，於地表的戰鬥中佚失。

●奧拉席翁（作品中使用者：娜芙德）

規格A。異稟是「實現小小的心願」，是一種成就願望型能力的體現。然而，並不能指定具體的願望，只會擅自實現使用者潛意識中的想法（在戰鬥中），是一把非常難用的劍。

●布爾加特里歐（作品中使用者：可蓉）

規格A－。異稟是「淨化宣言」，只要認定對方是敵人就會一味地進行猛攻，但也沒辦法在途中停下來，而且冷卻時間也很長。撇開無法變通這一點不提的話，基礎規格也偏高，是一把厲害的劍。

●帕捷姆（作品中使用者：納莎妮亞）

規格A－。異稟是「成為戰場的希望」，光是發動就能讓使用者的一切能力躍昇到另一個層次。儘管基礎規格不算太高，但發動能力時，無論怎樣的劣勢都能扭轉，是相當極端的厲害之劍。

●羅斯奧雷姆（作品中使用者：杜佳）

規格A－。異稟是「使精神飛翔」。能夠讓靈魂離開肉體並飛走……然而，要是讓原本就是類似靈體獲得肉體的黃金妖精使用，會發生很嚴重的問題。從在戰鬥中發動會很危險的層面來看，也是一把很厲害的劍。

●**希斯特里亞**（作品中使用者：菈恩托露可）

規格B＋。雖然異稟是「累積過去使用者的記憶」，但將累積的記憶抽出來的技術已經消失，所以現在只是一把很厲害的劍。

●**印薩尼亞**（作品中使用者：薇爾蒂葉、羅娜、奈芙蓮）

規格B。異稟是「推遲使用者的恐懼心」，發動能力的要求並不高，但奈芙蓮從未使用過這個能力，所以實質上只是一把很厲害的劍。

四三七年十二月，於地表的戰鬥中佚失。

●**卡黛娜**（作品中使用者：潘麗寶）

規格B。是一把細長的單刃劍，在遺跡兵器中屬於組成金屬片極少的劍。異稟是「傳達心情」，但若是有想傳達的心情，還不如別拔劍直接說出來。基於這理所當然的道理，幾乎沒有使用能力的紀錄，某種意義上也是很厲害的一把劍。

●**伊格納雷歐**（作品中使用者：奧露可、緹亞忒）

規格B－。異稟就只有「變得不顯眼」這樣而已。在使用方法上多花心思的話，好像也不是能派上多大用場的能力，但不花心思的話，就只是一把還算厲害的劍。

●帕西瓦爾（作品中使用者：威廉）

無規格，也沒有異稟，是過去在地表大量生產的經濟型聖劍。只具備作為遺跡兵器最低限度的功能，沒什麼厲害之處的劍。

……哇！已經剩沒幾頁了？

這個嘛，畢竟機會難得，我也想再多做一點介紹，但這次就寫到這裡。不過，請大家就當作剩下的也大多是很厲害的劍吧。

我沒有將上一系列和本系列分開來寫，關於這一點，是因為我當作現在正在閱讀這幾頁的人，應該幾乎都有看過《末日時在做什麼？有沒有空？可以來拯救嗎？》。

順便說一下，對大多數人來說可能是陌生名字的杜佳、薇爾蒂葉、羅娜和奧露可……在至今為止的小說系列中，都有以能夠看出是誰的方式被提及，有空的人不妨找找看。其中一人也有出現在動畫中喔。

那麼，來談談今後的故事。

雖然經由這次的集數，科里拿第爾契市的騷亂結束了，但《末日時在做什麼？能不能再見一面？》這個故事還沒有結束。

舞臺再次回到萊耶爾市。儘管缺少了幾名同伴，依然要對〈第十一獸〉發起挑戰，故事便圍繞著這群不斷抵抗著末日的人們發展。

可能會相隔一點時間，希望大家能夠耐心等待。

那麼，但願我們能再次在這片晴朗的天空之上相見。

二〇一八年　春

枯野瑛

國家圖書館出版品預行編目資料

末日時在做什麼？能不能再見一面？/ 枯野瑛作；
Linca 譯. -- 初版. -- 臺北市：臺灣角川, 2019.04-
　冊；　公分

譯自：終末なにしてますか？もう一度だけ、会えますか？
ISBN 978-957-564-850-3(第6冊：平裝)

861.57　　　　108001918

Kadokawa Fantastic Novels

末日時在做什麼？能不能再見一面？ 6

（原著名：終末なにしてますか？もう一度だけ、会えますか？#06）

2019年4月10日　初版第1刷發行
2024年4月17日　初版第6刷發行

作　者：枯野瑛
插　畫：ue
譯　者：Linca

發行人：台灣角川股份有限公司
總　監：呂慧君
總編輯：蔡佩芬
主　編：林秀儒
編　輯：楊芃青
設計指導：陳晞叡
美術設計：李思穎
印　務：李明修（主任）、張加恩（主任）、張凱棋

發行所：台灣角川股份有限公司
地　址：104台北市中山區松江路223號3樓
電　話：（02）2515-3000
傳　真：（02）2515-0033
網　址：www.kadokawa.com.tw
劃撥帳戶：台灣角川股份有限公司
劃撥帳號：19487412
法律顧問：有澤法律事務所
製　版：巨茂科技印刷有限公司
ISBN：978-957-564-850-3